短篇經典文庫

连科
六短篇

阎连科 著

海豚出版社

图书在版编目（CIP）数据

连科六短篇 / 阎连科著. 一北京：海豚出版社，2014.6（2024.4重印
（短篇经典文库）

ISBN 978-7-5110-2084-0

Ⅰ.①连… Ⅱ.①阎… Ⅲ.①短篇小说 – 小说集 – 中国 –
当代 Ⅳ.①I247.7

中国版本图书馆CIP数据核字（2014）第114180号

总发行人：王　磊
策　　划：林建法
责任编辑：张　镛
美术编辑：吴光前
责任印制：蔡　丽

出　　版：海豚出版社
地　　址：北京市西城区百万庄大街24号
邮　　编：100037
电　　话：010-68325006（销售）　010-68996147（总编室）
印　　刷：涿州市荣升新创印刷有限公司
经　　销：全国新华书店及各大网络书店
开　　本：32 开（787毫米×1092毫米）
印　　张：5.375
字　　数：65 千
版　　次：2014 年 10 月第 1 版，2024 年 4 月第 3 次印刷
标准书号：ISBN 978-7-5110-2084-0
定　　价：40.00 元

目 录

去服一次兵役吧

世界不同，景观不同，人也就不同了。军营不是乡村的房舍和院落。新盖的瓦屋、楼房，还散发着硫磺的气味。街道上懒散的鸡狗，早晨时离开窝屋，不到黄昏可以不回家里。村头和马路边上的小卖部、小酒店，都起了很洋味、极都市的名字，一天到晚都有闲聊和喝酒的村人。或者，一天到晚，压根儿就没有闲人购物和打酒的行人，但他们依旧开着店门，营生着生意。营生着生意的时候，也没误了别的什么。男人没有误了抽烟、下棋，女人没有误了说闲、扫地和站在门口看来往的行人和热闹。都市就不一样了。都市永远在有秩序地忙乱着。早上七点以后，下午五点半或六点以后，大街上车水马龙，自行车的铃声丁零当啷，白茫茫地响满了整个世界。堵塞的汽车的喇叭声，尖刺厉厉地从自行车的铃涛中穿过去，像鞭子样抽打着都市的繁忙与紊乱。那样子，你看街上的任何一个人，都像是赶着去中南海或者白宫开一个紧急会议，仿佛地球离开他们就要停止转动了，木星火星也要相撞了。可公园里，或公路三角地的一片树林里的老年人，他们守护着被改革开放带来的西方文明挤剩下的一片绿地，提着鸟，唱着戏，练着功，宛若世界的一切都与他们无关，那一份悠闲自然，你走遍乡村，都难找到同例。比较而言，军营就大不一样了，既不同于都市，更不同于乡村。军营是完全被秩序锁定的一方院落，它的一切都在时间人为的规定之中，都在秩序的程式之中，只允许繁忙，不允许紊乱；只允许规律，不允许碎麻一般的无头和无绪。营房、设施、路道、睡眠、饭食乃至语言和思想，一切都要求程式和规律。形式（主义）在这里得到了极度的膨胀，形式又沃土肥水般滋养了一种必需的铁律。所有的营房，无论是平房或楼房，都一律东西走向，坐北朝南，或南北走向，坐西向东。你在一个营院内，几乎找不到既有东西走向又有南北走向的建构。一个连队的厨房若是在连部某一位置，另一个连队的厨房肯定也在连部的那一位置。宿舍的门前空地上，一律都是单杠、双杠和木马，这些设施的沙坑，就是成百上千，它们的形状、尺寸决然都是一样，如同只有一个。双杠的进端，被摸得锃光发亮，而退端则如被风吹雨淋久了的木头样呈着浅淡的枯腐。单杠两端红锈斑斑，中间的手抓之处，却永远地闪着白光。木马全都倾斜在沙坑外的半米那儿。厕所都是在靠营院围墙处和连部同一经纬的直线上。床铺的摆放、枪支的靠架、水壶的吊挂、凳子搁在哪儿、毛巾叠成的形状、牙刷在牙缸中竖着是毛儿向上还是把儿向上，乃至一个士兵发放的针线包儿是放在枕头的左上角还是放在床头柜的抽屉里的哪个位置上，这都是千篇一律的，一成不变的。单调的统一是一个营院最起码的底色。因此，统一的单调也就有了独特的韵味。路边的树，冬天来时都要涂上浓厚的石灰水，石灰水在树身上的高度一律都是1米或者1.2米高。房后晒衣物的铁丝都是6#的豌豆丝。哨兵在你看到时总是那样的笔直端庄，与地面呈直角90°，而走在营院内或营院外的队列，总是那样齐整着，使你感到他们更多的时候仅仅是为了齐整而齐整，较少的时候是为了某种精神和价值而齐整。总而言之，一切都是秩序化了的，规律化了的，秩序和规律成为军营最基本的规范与概貌，也成为士兵们生活的基本原则和处世之准则。

应该具体地谈谈士兵。我们已经谈到了士兵。士兵是营院的主人，是军队的主体，是舞台上不可少的主角或配角。冬天降临了。征兵工作一年一度重复着开始了。乡村的街道上，马路边的树身上，小车站的广告牌子上，商店、饭店的门口上，都倾斜地贴了红色的标语。去年这样的标语上的内容是：一人参军，全家光荣。今年的内容依然是一人参军，全家光荣，或者别的什么，但百分之百是往年的重复。穷僻的地方，武装部的工作人员，坐在办公室里，等着村委会的民兵营长领着适龄青年，也提一点儿烟酒和土特产什么的到办公室来向他们点头报名。富庶之乡——比如广东、温州和其他一些沿海地区，武装干部则要怀里揣着香烟和国家的《兵役法》，到农民家里敬烟求情，希望他们的孩子能参军服役，保家卫国（据说南方已经开始有家庭出资请北方的打工的青年替孩子参军服役了）。但这样的地区并不算十分宽广，征兵工作比起计划生育的难度，显然容易了许多。城市的征兵，几乎还没有遇到什么难题，因为有一条城市青年退伍后法定安排工作的规定，就使这项工作不仅容易，而且备受欢迎，充满诱惑和魅力。兵源来自四面与八方，天南与海北，但动机大多不外乎如此两种，即：乡村青年渴望通过服役逃离土地，获得他人生的锦绣前程；都市青年渴望服役后有一个选择职业的机会，获得一份稳定的收入。当然，也还有让孩子参军去，见见世面，开开眼界，明白一下世界究竟多大，方的还是圆的；或让孩子入伍，出门吃几年饱饭，再长一段个头；再或孩子在家难以管教，某种违法的事件，使他的名字已经在公安部门记录在案，希望到部队的熔炉里，使孩子获得某种教益和找到人生坐标。就这样，隐藏着千奇百怪、五花八门又大致相同的目的，通过目测、体检、政审，最后换上肥大的军装，坐着汽车、火车、轮船或飞机等现代的交通工具，中途在某几个兵站吃上几顿或几天的米饭、馒头、大锅菜，在某个寒冷的夜里，被等在车站的军用卡车拉进了他将为之服役三年的军营里。

从此，这里开始了又一批士兵全新的人生。第一件事是你刚到军营，就接到司务长发给你两个月的津贴。第二件事，是老班长半盲目地给你分了上下两层的木质床铺，把你们都集合到床铺下边，拿着名单，点一个名字后忽然说，我点名时你们答到——便点个名字，看上一眼，再问，你为什么当兵？有九个新兵他就问了九句。八个，他就问了八句。八个或九个，回答的都是一句话：保家卫国哩。因此班长很满意，说觉悟都很高，文化水平也很高。第三件事情也就开始了：整内务，叠被子。叠被子是一件艰难而又复杂的工作，如何在最短的时间内，把被子叠得方方正正，如同砖样，是对任何一个新兵的一次过分夸张的严峻考验。如果你叠得又快又好，你就给班长留下了极好的第一印象，有可能在排长、连长、指导员对这年新兵白纸样的头脑里为你画上最新、最美的图画。也许，你也就因此当上了副班长（主抓内务和卫生）也未可知。当副班长并不重要，重要的是班长是从班副开始的，排长是从班长当起的，副连长是从正排开始的。就是说，将军的第一个台阶，也同样是班副或班长。因此，新兵们都要在叠被子上下足功夫，费尽心机。军用棉被的棉花都是国家的一级棉，见到阳光便哗哗啦啦蓬松而又柔软。为了叠好被子，一般新兵在星期天不仅不晒被子，还要在被子的表面洒上一层水，以便叠时使被子能出现墙角样的棱角来。有的新兵，为了迎接（应付）明天的内务检查，头天夜里便把被子叠好，棱角边沿处喷上温水，用木板夹出笔直的线条，再用三角板量量被角是否都是直角，合乎标准了，这夜他就不打开被子睡觉，和衣在床上寒冷一夜。第二天，首长领着检查团来了，到这铺床前站下，这儿摸摸，那儿看看，望着被子和别的内务卫生审视一番，最后讲评时这个连队就可能受到表扬了。营里把营里的流动红旗放到了该连。该连把该连的流动红旗插到了该排。排里又把该排的流动红旗插到了该班。班长虽然把红旗插在自己的床头，但还是要在班务会上对那位一夜未睡的新兵极隆重地表扬一番。倘若你因一夜未睡有了感冒，班长也会把病号饭端到你的床头。

　　新兵的生活严谨而幼稚，荒唐且可笑。为了进步，为了得到表扬，要争着抢着打扫卫生。为了在起床号没响之前就从床上爬起来抢到工具，你在头天夜里得把扫帚、铁锨、水桶藏在只有你能找到的地方。为了讨好班长得到班长的笑容和赞许，你会自觉主动地给班长洗衣服；在班长没有起床前，把牙膏挤到班长的牙刷上；班长从训练场上走回来，把凳子放在班长的屁股下。班长并不一定喜欢你这样的做法，也许会当众严肃地批评你，但当没人时，你和班长单独相处时，班长会问你家是哪里的，家里还有什么人，新兵训练结束分兵时你想往哪里去。一个远离家乡和父母的新兵，听到这样的问候，一般都会在心中热潮涌动，把家里的一切——该说的和不该说的全都告诉了他的班长。他感到班长对他的亲近是有别于其他的。他不知道班长这样的问话一般是对每个新兵都要讲说的，就像班长当新兵时他的班

连了。朝着新的岗位忐忐忑忑走去了。

兵营的建构永远都是大同小异，一样的营房，一样的马路，一样的操场和枪支，一样的训练和任务，一样的思维和话语。每个连队都有荣誉室，每个营都有荣誉室，每个团都有团史展览馆。这些挂满锦旗和镜框的地方，墙壁洁白无瑕，解放战争、抗日战争，甚至是红军时期留下的旗帜已经褪色破损。旗边的丝穗一如老人的牙齿开始脱落，旗底的鲜红染上了岁月的深暗，旗面上繁体的黄布剪字，字迹幼稚而又庄重。摆在桌上用镜罩盖了老式步枪、钢盔帽、子弹壳、破水壶、旧党证、竖体排版的老报纸和哪位英雄错字满篇的日记本，遥远而又神秘，使新兵感到自豪而又不可企及。但建国以后，尤其是他们记事之后，那些因训练成绩突出，荣记二等功、三等功的英雄，那些同街头暴徒英勇搏斗而被保送到军校读书的学员照片和说明文字，那些因某次抗洪抢险或抗震救灾表现突出而被破格提干的英雄，却使他们感到近在眼前，可触可及，羡慕不已。于是，在周末的黄昏，落日还高高地悬在天空，营院里到处是夕阳的艳红，新兵们开始了同乡的集合。他们提了啤酒，拿了从小卖部采购的成袋花生和瓜子，还有哪一位的从家乡寄来的土特产，偷偷来到操场一角，席地而坐，漫谈独有的人生感悟。在操场一端是庞大的阅兵台，那阅兵台上曾演出过无数幕英雄、鲜花与掌声的热血剧目，激荡过成千上万士兵的热血心肠和铮铮铁骨。阅兵台对面，是一排战术训练的障碍物。大操场的另外两侧，是极富召唤力的巨大的铁牌红漆标语，一边写着：训练精兵，保卫祖国；另一边写着：团结紧张，严肃活泼。整个操场透着军营与战争、战争与和平的协调联系及彼此的内在关系。就是在这样的环境里，他们开始感悟了，为连队曾有过的赫赫战功骄傲了，为自己的前程寻找了通道也设下陷阱了。他们讨论了许多话题，明白了一个道理，即，荣誉都是从牺牲开始的，将军都是从班长起步的。那些关于爱情、关于故乡、关于儿女情长的个人私事比起他们明白的道理，显得那样微不足道，不值一提。他们的内心被热血鼓荡着，青春如春雨草发样焕发了新鲜的色彩和气味。熄灯号响了之后，他们依依不舍地离开了大操场，分手时那个买啤酒、小吃的会对另外一个战友说，别忘了，下周该你去买东西了。

又开始了周一至周六（后来是周五）的单调、重复的训教生活。早上在规定的时间内按时起床、洗漱、上厕所、集合、出操、练队列，或进行五公里越野的体能训练。几点几分收操之后，十分钟的整理内务。刚刚叠好被子坐在床沿歇息一下，屁股还未坐稳，开饭的号声响了。饭后是十五分钟的休整，写家信的开了个头，上厕所的刚刚蹲下，汇报思想的还没进入正式话题，集合号再次响在了军营的上空。事实上，号声是对士兵一日生活最大的限制、规范和解放，它洪亮的黄铜色的声音，一经响起，一切自我便必须停止。反过来，它一经响起，一切的集体性活动便宣告结束，使士兵们重又回到有限的、规则的自我中（可惜许多军官这时候总爱拖延，像老师在放学后不让学生下课一样）。上午（或全天）是政治指导员的教育课。指导员为备课挖空心思，战士们永远觉得枯燥无味。然课后指导员征求意见，问课讲得如何？老兵们说好呢；新兵也就说，好呢，让人感动哩。新兵们成熟了，新兵们会讲全部的军营术语了。这标志着某一方面他们作为军人的成熟和练达。可事实上，端端地坐着听人口若悬河地讲政策和政治，人生奉献，集体与个人，民族与国家，军队和百姓，一整日下来，新鲜感稍纵即逝，如女朋友吹了样使人打不起精神来。好在外训的时间多于室内的教育课。上午、下午或是全天，到靶场瞄靶，到野外找点，到山坡上进行班战术或排战术训练，再或一连数日半月，离开营房进行徒步拉练，苦是不消说的，汗流浃背，腰酸腿疼，身上流血，脚上打泡，这都和吃饭需要筷子样必不可少。可这符合了青春的某种释放性要求，反而比坐受教育使人愉快。抬头可以望到蓝天，伸手可以抓到草木，渴了还可以得到军民关系的安抚。另一点，到哪儿都有和自己穿着、行动、目的不一样的人们，他们是士兵疲劳的消解剂。都市的姑娘不到夏天就穿上了裙子，浓妆艳抹，露着诱人的腿肚儿和颌下胸上那部分天堂区域；村姑们虽然没有都市姑娘的那份妖魅之力，但她们明净淳朴的眸子里，也没有都市姑娘那份空洞的傲慢。她们望着士兵们的军装和队列，眼里永远透着一种亲近和神秘，你去和她搭讪时，她总是有一副受宠若惊的模样儿。总之，在野外的主动式训练要比在课堂里的被动式接受教育令人舒畅得多。野外的时间如流云样美丽而又快捷，坐在那儿听报纸、学文件，时间如老牛拉破车样缓慢而不可入目。

但是，无论如何，时间就是这样过去了，昨天是今天的预演，今天是明天的重复。夏天在春天后边扬鞭催马，秋天又在夏天后边西风劲吹。终于，又一个冬天到来了，又一批新兵来到军营了，又一批服役三年的老兵和新兵与中年兵（第二年兵）告别了。下士变成了中士，中士成了上等兵，还有的列兵就直接成了班长、副班长。表现突出的入了党，杰出的代表在第二年三四月间复习功课，七月初参加全军统考，到九月就考上军校，离开军营了。他们再回到这个军营时，就不再是士兵，而成了指挥士兵的人。他们的命运从此改变了，找对象不再找农村姑娘了。找过了农村姑娘的，要么怀着良心的不安，千方百计和那姑娘吹了去，要么怀着永不与人言说的遗憾，加倍地工作，把下一个目标定在将来混到副营让老婆孩子的随军上。而最普遍大众的，还是那些绝大部分没有考上军校，没有当上班长，又没有立功入党的中士们。他们在新的一年里惶惶不安，神不守舍，一边怪罪自己才不如人，时运不佳，又一边全身心地投入教育和训练，尽管那些训练成绩他都是良好或优秀，教育考核也都在90分以上，可他还是要主动、自觉地去自己身上找差距。他发现了一个使人泄气的问题，在他周围的人中，进步神速、前途光明的人，的确许多方面比他更为出类拔萃些，且是大多数。这使他不能抱怨部队的上空也有阴云了，意识到天晴的日子总比雨天多。他减少或彻底不再到周末时赶场样参加老乡集会了。他把他的精力、才智乃至狡猾都用在神圣而又庸常的工作上，开始既注意个人与组织、与领导的关系，又非常能把每一块好钢都用在教育、训练的两块刀刃上。打靶回来他走在最后，把别人不愿背的靶牌扛在肩膀上；走队列时他主动去帮助纠正某个新兵的违规动作；周末闲下来又扛着工具，从连、营首长的窗下走过去，到地里翻地浇水了。有一天，清理厕所常年淤积的大便池，别人都捂着鼻子时，他便卷了裤腿跳进粪便池里边了。因此，他开始引人注目了，或者，像他这样的中士太多，他只是集体引人注目的一部分。前者，在又一个年终总结时，不是入党，至少也受到了连嘉奖，而后者，最好的结果是连长或指导员在军人大会上，进行了隆重的表扬，指明了他今后的努力方向。被指出努力方向是很尴尬的一件事。他确认这一年他的表现很不错，坚信那些入党、立功的人的表现虽不差，却并不一定比他表现好。于是他躺在床上闹意见，泡病号，以装病向组织上软示威。可指导员是塑造士兵灵魂的工程师，做这类人的思想工作轻车熟路，经验丰富。新时期，新形势，指导员并不会像他的父母样把病号饭端到他床前。指导员派通信员把他叫到自己的屋子里，门一关，给他倒了一杯水，很生气地说喝吧你，我没有想到你这样不争气，这样经不起考验，我正准备把你列入党员培养对象呢，计划你入党的事情呢，可你现在装病躺在床铺上，让别的干部、党员、战士怎样看你呀。指导员给他谈了很多话，最后门一开，他便后悔不迭地从那间政治工作的谈话室里出来了，在指导员的桌上、床上、窗台上，到处都留下了他向指导员信誓旦旦、铮铮保证的话。他不知道，这时候指导员已经给他下了难以更改而又颇为准确的评语：患得患失，难有什么进步，不是培养的对象呢。但他为了这次谈话，还是兢兢业业工作了又一年。

进步在相比之下也许慢了些，但有一点是令人安慰的，他成老兵了。他们是名副其实的老兵了。更新一年的士兵，来自河南、山东、湖北或是陕、甘、宁，新兵们自觉不自觉地开始为他们端了洗脸水、倒了洗脚水，像他们做新兵时一个样。这种安慰是从那样一件事情开始的，同样训练一天回来，部队解散后你上了一趟厕所，回到宿舍发现你的洗脸盆里有半盆温开水，毛巾方方正正叠着漂在水面上。你不知这水是从哪儿倒来的，是谁倒上的，正疑惑不解时，刚分到班里的一名新兵憨厚、乞求地朝你笑了笑，你突然想到两三年前自己的模样了。你意识到自己是一名名副其实的老兵了。对新兵说了一声谢谢，从此你就开始享受老兵的生活情趣了，为新兵的生活指点江山了。星期天时洗衣服，新兵把你的衣服端走洗去了。写信时没信封，新兵把他买的信封给你了。吃过饭新兵要去给你洗碗，有干部在场时你坚决不让，还板着面孔批评他，可干部不在场时你就让他去洗了。这样的生活虽有某种遗憾，但也有一种惬意补充着。还有一方面，周末操场上老兵的集会不知什么时候重又开始了，吃的零食一般不再去小卖部购买了，有老乡在食堂做炊事员的悄悄从食堂拿出来，没有做炊事员的老乡，便顺手牵羊或用一根长竹竿，头上系着铁丝钩，从窗口伸进去，咸鸭蛋、猪头肉、四川涪陵榨菜，或是连队自己做的泡蒜头，腌的雪里蕻，都是竹竿与铁丝及老兵生活的战利品。如果连队杀了一头猪，煮熟后还可以把二三斤重的肉从窗里叼出来。这些事情不在于毁灭军纪的偷，不在于军营恶作剧，而在于军营生活

和平军营这单调平庸的生活了。他开始真正地关心国家大事，关心国际形势，开始把《参考消息》藏在枕头下面研究和琢磨——一句话，荣誉成为呐喊在他们心里膨胀了。他们开始渴望战争了，渴望战争中的荣誉了。他从来没有像成为老兵以后那样对战争怀着一种亲近和渴求。对战争的幻想成为他抵抗日常平庸的武器。他希望在战争中冲锋陷阵，建功立业。希望通过战争获取价值，从而有一天回到这座军营指挥一支部队，有一天身为军官而荣归故里。《参考消息》上总是平平淡淡，国际风云没有什么变幻，于是，他希望国内有什么突发事件，如地震抢险或者抗洪保堤。他在一种心灵的渴求中生存着，他被和平军营的生活折磨着，从冬天到了春天，又从春天到了初夏。《解放军报》和军区（或兵种）的小报上，凡有因抢险立功的报道他都要一字不落地读一遍，凡因与歹徒搏斗立功、提干的消息和通讯他都读两遍。一次，上级组织与歹徒搏斗的英模报告团来这座军营作报告，他们在台下坐着听人家演说时，每个人的双手上都急出了汗。会后指导员让每个人都写一份心得交上去，老兵们有三分之二都只写了一句话或是两句话——向他们学习，可机会在哪儿？——不是我们不想成为英雄哟，是老天不让我们成为英雄呀。

盛夏开始了，每晚新闻后的天气预报节目里，不断预报南方省份的大雨和暴雨，预报北方省份哪条河域洪水大泛滥，当地军民已投入进了抗洪抢险的战斗里。于是，他们开始摩拳擦掌了，跃跃欲试了。在训练场上他们不断地抬头望天。睡到半夜会突然起床翘首天空。其他省份多已进入梅雨季节。长江大堤上的险情如雨后春笋。全国的大报、小报、电台、电视台，每天都在报道军民联手抗洪的先进事迹。可他们这儿，日出日落，星月光辉。九月底下了三天中雨，他们数十或上百名老兵自发地集合起来，跑步到二十里外的一个小库上抗洪抢险，没想到那守水库的人却说，抗鸟儿洪呀，上游已经半年大旱，水库里的水还不够城里人吃上一个月呢。他们乘兴而去，败兴而归。到营院后接到了上级的紧急命令，要求部队进入战备状态，随时准备到黄河、海河、淮河、黑河、白河、伊河或长江、嫩江、黑龙江、松花江和雅鲁藏布江去执行抢险任务。他们激动不已，疯狂不止，每日每夜都在亢奋之中。背包每天早上起床都打好在床头上。水壶、铁镐和军用圆锹都靠在床边上。铁丝、绳索、麻袋在仓库中都已分给各连，各连也已分给各排，只待一声令下，就往火车或汽车上扛装了。心弦绷了起来。手心总是出汗。嗓子眼里发紧，总有一种大唤大叫的欲望。平日里走在路上，不是朝树上踹上一脚，就是把路边的石头踢向天空。这样等了一周，半月，一个月，两个月。时间如刀子样从他们的脖子上拉过去，最后终于，全国、全军的抗洪工作结束了。

雨季没了。

冬季来了。

又一次的新兵入伍、老兵退役工作开始了。如俗话所说，军营如铁兵如水，他们都被宣布退伍了。要精简整编，要撤掉这支部队，或要把这支部队移交到哪儿。据传，连这座营院也要交到地方做某某仓库或某某大公司的家属宿舍。原先有人想超期服役一年的计划落空了。想转个志愿兵的念头也不能产生了。大家怀着毫无理由的怨恨公然地从食堂拿了下酒的荤菜和素菜，到小卖部把啤酒成捆、成件地提到操场边。三令五申不能喝白酒，可老兵的刷牙缸子里都有一股清凌凌的白酒味。喝完了，把酒瓶摔碎在马路边，摔碎在训练场和阅兵台。喝醉了，痛哭流涕一阵，到阅兵台演一出模仿首长阅兵的戏，到战术场演一场战争中两军对垒的儿童剧。本来是在内心里深藏着计划和阴谋，要在宣布退伍那一天，在摘交领章、帽徽的大会上，要大肆发泄一场的，可摘了领章、帽徽后，在军歌和送战友的音乐声中，却都热泪盈眶了。计划在连队的会餐宴上要借酒大闹的，可连长、指导员和连队全体干部站成一排，向老兵们集体敬礼后，又集体鞠了一躬，说战友们，弟兄们，三年相处，没有打仗，也同样都在一条战壕等待了一千多个日日夜夜，部队是你们成年后的故乡，军营是你们人生中的又一个家，我们做干部的，是你们的父母兄弟，希望你们这辈子别忘了军营，别忘了连队，别忘了战友们的三年情谊。

便都抱头痛哭了。

说还能相见吗？

穿着军装的说，能，你们做生意时就往部队这边跑。

脱了军装的说，能，有一天真打仗了，说不定我们就又穿军装了，我们就又到一条战壕了。

退伍了。什么事情也没有发生就走了。

也就走了呢。平平淡淡来，又平平淡淡去。

各自回家了。去也空空，回也空空呢。

乡村的退伍兵到了村头才发现，他的家乡并无多大变化，还是那样的房舍，还是那样的街道，街道上还是跑着那几只鸡狗。甚至，连午时老牛的叫声，都还是呈着泥黄的颜色迟缓地在田野上流动着。唯一变化的，仅是他自己，走时唇上微毛茸茸，回来后胡子三天不刮，便黑碴旺旺，收过的豆地一样。他知道，他该成家了，该结婚生子了，该养儿育女承担起生活的重担了。都市的退伍兵，回到都市以后，看马路又宽了些，高楼又多了两座，下岗的工人在街上出摊为抢占地皮纷争不止。别的街道、商场、人流、汽车、广告牌、霓虹灯、公园、树木、十字街、立交桥，都还和入伍前大同小异，没有质的变化。在没安排工作以前，他在家里等着四门不出，父母兄嫂买好礼品让他为自己的下一步工作出门走走送送，他不耐烦地把那些礼品甩在床上，说安排什么工作都行，今天上班明天下岗也行，就是不安排也行。谁也不知道他为什么变成了这样，谁也不敢问他为什么会是这样。在家待了一些日子，实在闲得难耐，他自己给自己找了一个活儿，到公司给人家当临时保安去了，或到饭店给人家端盘洗碗了，再或就在街上的哪儿摆个小摊卖起水果了。他们长大了。他们真正地开始自己独立的人生了。原来退伍前都买了通讯录，城市乡村，天南海北的战友，彼此都留了地址和电话，说好到家后要马上联系的，可谁也没有给谁写过信，谁也很少接到过谁的电话。然而，他们见到他们自己亲属、朋友比他们小几岁的子女过分娇气幼稚时，他们都会那样劝诫他们的亲属、朋友说，让他去服一次兵役吧，那儿是让人长大的好地方。

思想政治工作

　　这是夏天，气温三十八九度。指导员心里又热又烫，倘若能往他心里放一段钢筋，或者铁条，铁条钢筋都会被煮成粉丝。

　　麦熟了。连队三天接到了八个兵的九封电报，不是母亲有病，就是父亲病重，或者，家里要盖房子，奶奶八十大寿，如此等等，都找指导员请假回家。指导员知道，战士们都想回家割麦。可是，上级明文规定，没有特殊情况，各连干部战士一律不能请假回家。干部好说，不能请假就是不能请假，表率嘛。战士不管这些，还是让家里不断往连队写信、打电话、发电报，像明明知道面前是窗子玻璃，麻雀还要迎着光明飞去一样。委实让人头疼。思想政治工作遇到了季节性考验。每年这个时候，电报、信件都会如雪片样往连队飞来。这个时候，各连指导员都如进了考场一样。如果这个月连队没人请假回家，指导员的思想政治工作也就算了及格。然而，连里的小牛真的有了特殊情况，这天午时，一次给指导员交了三封电报。第一封是上周来的，说母亲住院，望能回。第二封是前天来的，说母亲病危，一定回。第三封，是今天到的，没有谈他母亲的病情，就说速归、速归、速归。小牛已经上街往家里挂了长途电话。电话挂到了邻居家里，邻居说你母亲已经死了，村里人都在你家门前搭建灵棚，你怎么还没有去首长那里请假。

小牛哭得死去活来。母亲五十九岁多些，再有一个月才到六十岁。死得早了。早得多了。得的病是肺癌。肺癌是年初发现的，这才半年，说死也就死了。去给指导员请假时，小牛的眼又红又肿。仅凭他眼睛的红肿，指导员就断定他的母亲真的死了。那三封电报不是假的。倘是假的电报，小牛不会掉泪。掉不出泪。最多也就学习别的老兵，躺在床上睡上一天，表现一些情绪罢了。指导员坐在床上，望望摆在桌上的三封电报，又看看面前凄然立着的小牛，很严肃地批评他说，你这个孩子，你这个兵，怎么到现在才来请假。第一封电报来时，你就该把它交给我的。你把它窝在身上干啥？装积极不是？部队再有明文规定，连队请假的人再多，你母亲得了癌症，也得回家看看，也得到母亲的病床前边，端一碗水，递一包药，尽一点孝。可你——直到现在才来。本来可以在你母亲生前回去见上一面，和她老人家最后说上几句话，这下好了，再也别打算和母亲说话了。你说你这孩子，你这个兵，咋就这么傻呀，咋就这么不孝顺呢？小牛是在班里止住了哭声，到洗漱间洗了把脸才来找的指导员，以为到指导员面前，可以压抑住悲痛，不至于因为上气不接下气地悲伤，连指导员的问话都无法回答，连电报和母亲的病情，想请假回家的意图都说不明白。没想到，指导员没有问那三封电报的来龙去脉，劈头盖脸就批评他不该不来请假，不该对母亲不孝，这让小牛感到后悔而又温暖，感到平常有些严肃的指导员和大哥一样，和叔叔一样，和亲哥亲叔一样。于是，便又哭将起来，哀哀伤伤。不是哀哀伤伤地放大悲声，而是抽抽泣泣，双肩抖动，一脸青紫，像一颗青的柿子。

小牛是今年的新兵，山东沂蒙人，上个月才过的十八岁生日。不太高，微胖，娃娃脸，眼窝较深，哭着时泪先在眼下腮上那个坑里积成一团，盛不下了，就漫着从腮上迅速流下，像湖水从堤岸上打开了缺口，一流就流得不可收拾。指导员没有劝他。指导员说，哭吧，大声哭，哭出来你也好受些。说你不来及时找我请假，是你对我指导员不信任，对思想政治工作不信任，对连党支部不信任。难道上级规定战士没有特殊情况不能请假回家你就真的不来请假了？你母亲患癌症就不是特殊情况了？指导员起身去把洗衣架上自己的洗脸毛巾拿下来，在洗脸盆的清水里蘸了蘸，拧干，递给小牛说，接着，擦把脸。说我知道往你们那儿去的火车是晚上八点三十分，车票好买，你不用着急，晚上我去送你。当小牛接过毛巾，擦过了脸，指导员又把那毛巾接回来，到脸盆里洗了洗，再拧干，放到了小牛面前的桌角上。那意思是让小牛继续哭，把心里的伤悲全都一股脑儿倒出来，别窝在自己心里找罪受。小牛瞟那毛巾一眼，反而不再哭泣了，不再像刚才走进来时那样伤悲了。看小牛的悲痛减弱了，指导员又给小牛倒了一杯水，摆在他面前，把一把靠背椅子往他屁股底下挪了挪。

指导员说坐吧，喝口水。

小牛就坐了，没喝水。

当时，时候正值午休。营院一片安静。各连排都在宿舍躺着，只有知了在营房下和路边的泡桐树上叫个不停。小牛不再哭了。指导员的屋里反倒有些闷寂。桌上那杯茶水，几片茶叶蓬勃开来，先是漂在水面，后来就慢慢沉下水去。仿佛能听见茶叶下沉的声音。指导员没有接着说话，小牛反倒有些不安，他把双手放在膝盖上，似乎等着什么。可以请假回家是不用说的。当天就走也是不需说的。剩下的，只是回家多少天，什么时间从家里返回部队了。说是新兵，小牛对部队请假的程序也有几分熟悉。指导员要等起床号一响，团机关正式上班，给团军务股打个电话，说好后再让文书送去一份请假报告，由军务股长在报告上签字盖章，再开出一份军人通行证，电话通知连队，由文书把通行证与请假报告从军务股取回连里，将请假报告留在连里备案，军人通行证交到请假人手里，这才算完了一套手续。可这套手续、程序都不能在午休时候进行，小牛就想借此机会回宿舍整理一下行李，以备说走就走。可小牛想走时，指导员摸了一下茶杯，说喝吧，不热了。又说，小牛呀，我刚才有些激动，话言重了，你别介意。别往心里搁放。小牛不知道指导员有什么言重了，有什么不对的地方。刚才指导员对他的批评，每一句话，每一个字，都如伤痛时轻轻抚在伤口处的柔和手指，使他感到亲切、温暖。可指导员这时却又一脸愧疚，一脸对不起小牛的模样，像做了极其有愧于人的事情。这让小牛不解，他慢慢抬起头来，瞭望着指导员，像他上学考试时检查一份明明没错却又让人不太放心的数学卷子，加号、减号、数字，一丁一点，都看得十分仔细。指导员叹了一口长气，把屁股往床里挪挪，又把下面的蚊帐往高处吊吊，才回过身来，回过头来，说细想想，我不该批评你小牛，该表扬你才是。虽说你没有来找我及时请假，错过了回家看看活着的母亲的机会，可你是为了连队呀，为了连队的建设呀。若不是连队训练紧张，准备迎接八一建军节的师、团级阅兵，你能不来找我请假吗？我知道你是为了部队建设才不来找我请假的。从你自新兵连分到连队以来，我就觉得你和别的新兵不一样，可我又说不准，你哪里和大家不一样。还是两个月前的星期天，那天阴天下雨。上午还阳光明媚，大家都把被子、褥子、床单晒在宿舍前，可到午饭前天说变就变，雨哗哗啦啦落下来，每个人都抢着把自己的被褥往宿舍收，可你没有。你先去收外出执勤不在连队的战士的被褥，再回来收自己的被褥。当然，这是一件小事，忘了也就忘了，记住也就记住了。不知你还记不记得这件事。指导员平平静静说着，目光向前，如望着对面墙壁，又如望着对面的小牛；像询问小牛，也像没有意思询问，只是一种叙述，他在这儿停顿了一下，宛若把一个故事讲到了关键之处，让听众有些悬念、有些回味一样，使听众更加的聚精会神，把目光、注意力乃至手上的力气，全都凝注在他的脸上，他的声音之上。小牛真的如听评书故事的孩子一样，半旋了身子，半仰了头，目光落在指导员的脸上，而自己脸上，刚刚因哭泣憋青的脸色，这时就有些粉红。淡淡的粉红，像有些不好意思一般。嘟嘟的嘴儿，动了动，像要回答他还记得那件事情，或者说，已经记不清了，可拿不准指导员是在询问，还是仅仅说到这儿的正常停顿。于是，他圆厚的嘴唇，只是动动，未及说话，指导员便又接着说了。指导员说，怕你已经忘了小牛，可我指导员没忘。当时我就立在你的身后，你先收了别人的被子，而后才收自己的被子。结果，你的被子上浇了许多雨点。当然，这都是小事，不值一提。可你做了，我见了，我这当指导员的就应该记住。事情不大，这说明你和别的战士不太一样，有觉悟、不自私，先人后己。先天下之忧而忧，后天下之乐而乐。还有一件事情，这你应该不会忘记，上个月连队挑大便种菜，挑到最后，粪池干了，菜地还有一半没有施肥，连队有几个战士就跳到粪池中去挖，把干在、硬在粪池底上的大便往外掏，那活儿真是又脏又臭，只有农民和雷锋才会去干。然而，我立在厕所一边，仔细数了，跳进粪池的有五个战士。五个中其中有你。另外四个，有老兵，也有新兵，可他们都是写了入党申请书的人。不能说大家跳进便池挖粪就是为了入党，更不能说战士们入党动机不纯，或者说，是大家的努力表现怀有别的目的。可毕竟，那时只有你一个没有写入党申请书，这就让我对你另眼相看，觉得你表现好完全不带有目的性，没有个人功利，完全是道德人品所致，完全是发自内心、来自于血液本身的高尚和纯洁。加上这次请假，为什么有的战士家里刚来了一封信，信上说家里的责任田被水冲了，他就拿着信来连队请假；还有的，姐姐骑自行车跌了一跤，胳膊上缝了几针，也要请假回家看看；更不像话的，索性就让家里发假电报来，明明奶奶在他入伍之前都已病故去了，还发电报说奶奶病危，望速回与奶奶见上一面。明明父亲发烧感冒，也要发电报说父有急症，务必请假回家。话到这儿，指导员似乎有些生气，说话快了，脸上的平静变成了激愤的黄白，还拉开抽屉，一下取出一打电报，和小牛那三封电报一道，扔在、摊在桌上。似乎，把那些电报扔掷出来，把丑恶摊在阳光下面，指导员的气就消了一半。他望着那一桌电报，说喝水吧小牛，水不热了。说茶叶不错，你们家乡不产茶叶，你尝尝这茶。就把那杯水端起来递到了小牛手里。小牛不想喝水，口不渴燥，可指导员说你喝一口尝尝茶叶嘛，是我老家的毛尖；你嫂子——哦，你还没见过你嫂子，忙过去这段时间她到连队休假，你们山东人爱吃水饺，她来时我让她给你包水饺。指导员说你喝一口尝尝茶叶时，声调偏高，有些严厉，就像父亲训斥挑食的儿子。说到让他爱人来队时给小牛包水饺时，声音缓了、低了，又像一个母亲，在对自己偏食的儿子说，你把这个吃了，我就去给烧火做那个。小牛不能不为指导员的真情所动。这是他第一次独自来指导员屋里。是指导员第一次单独和他促膝谈话。他端着茶杯，抿了一口水，有两片茶叶进了嘴里。茶叶水半苦半涩，他在家里喝过，可他分不出茶叶好坏，也就说不出好喝还是不好喝。或者，不太好喝。他在嘴里嚼着那两片茶叶，像儿时嚼着从田里刨出的饱含甜味的毛毛根草，看着指导员把桌上的一打电报收将起来，放回抽屉，把他的三封电报单放在桌子上的台历下边。这时，起床号也就响了。在闷热的天气里，那浑厚的号声像一群野牛，从指导员的房前屋后奔了过去。指导员推开了窗子，对外边的哨兵说道，看见文书从街上回来，让他马上到我这里。哨兵隔着窗子，向指导员立正着应了是后，指导员又把窗子关了。说小牛，你该走就走你的，文书回来再打报告请假不迟。母亲不在了，没有人敢不同意你的请假。营里，团里，就是你先回家，后补请假报告也是一样。说你不要老是把连队利益放在首位。集体利益重要，个人利益也同样重要。说其实，集体利益也就是无数、共同的个人利益组成的，当一个集团，总是以伤害个人利益为基础时，那集体利益也就必然受到伤害。指导员说，我和别的政工干部的观点不一样，或不太一样。我以为要保全集体利益，首先要保全战士们正常、合理的个人利益。说你该走就走，别管连队最近工作紧或不紧，别管八一阅兵连队少一个人就扣掉一分的事，更不要想着扣一分连队就少一分荣誉什么的。就是连队这次阅兵拿了倒数第一，就是团里批评我思想工作不及格，你也不能不请假回家。连长——知道吧？去年连长的父亲病故，正赶上老兵退伍，新兵入伍，我又在政工理论学习班上读书，因此连长没有回家。退伍工作结束后，连队倒是被评为了退伍工作模范连，大事小事，丁点儿没出，可事后连长每每说起自己最后没见上父亲一面，没有回家安葬父亲，眼泪就哗哗哗哗流下来。指导员说，小牛，我知道你和别的战士不一样，总是太顾别人的得失，太考虑集体利益，才劝你从心里放下这个包袱，轻轻松松回家一趟。人死了，不能再活，可你回去，对父亲和哥、嫂们都是一个安慰，也说明咱们部队，不光纪律严明，传统优秀，人道主义也十足十足。说到这儿时，指导员起身去给自己倒了一杯水，发现小牛杯里的水，也仅剩下一层茶叶。他只顾说话，没有看见小牛什么时候喝水，而且把水喝完了。小牛只顾听指导员讲话，也不知道自己什么时候喝水了，什么时候把水喝完了。他们都在物我两忘的境界里，一如老师与学生，或者评书说唱家与他忠实的听众们，在课堂上忘了下课的铃声，在剧场中忘了场外喧闹的环境。指导员去给小牛续水时，看见小牛一脸红润，闪着光泽，脸上那受人称颂的幸福和羞涩，厚厚如某个光线好极的新婚窗上挂的红绸布，透亮而又羞于见人，专注而又忘情。于是，指导员就去他一动不动的手里要杯子，直到这时，小牛才猛地灵醒过来，说指导员我来倒。指导员说你坐着。小牛说我来、我来，我咋能让你给我倒水呢。指导员便有些生气了，站在那儿，右手提着水瓶，瓶口斜斜地对着窗户，大声说你这小牛，你这孩子，你这个兵，你把我指导员当成了什么人？我为什么不能给你倒水呢？你为什么不能喝我指导员给你倒的水？简直气人嘛，好像我指导员是地主官僚似的。指导员是什么？指导员就是大家远离家乡，来自五湖四海，同到了一个方向，重新组成了一个家庭，在这个大些的家庭里，大家想父母了，指导员就是大家伙的父亲、母亲，大家想兄弟姐妹了，指导员就是大家的哥哥、姐姐。又问，喝我给你倒的水怎么了？连水都不让我给你倒，等你嫂子来队，我让她给你和大家包饺子你去吃不去吃？

小牛就像做了错事样，又坐了下来。

指导员就像斟酒样又给小牛续上了水。续完离开时，有两滴开水从瓶口落到了小牛的膝盖上，指导员猛一愣怔，忙问，烫着没？这是午饭前灌的热开水。小牛把手在膝盖上随意搓两下，说不热不热，没有事。指导员把手放在瓶口试试温烫，又拿起毛巾在小牛膝上擦两下，才放下水瓶坐到原来的位置上。小牛在指导员用自己的擦脸毛巾去他的膝上擦水时，心里又热又急，想阻止又怕指导员像刚才一样生他的气，于是手就僵在半空，如一个伸着双手让母亲随意收拾打扮的孩子样。可他不是孩子，指导员也到底不是他的母亲。他的母亲昨天已经离开这个世界了。不知道是指导员的行为勾起了他对母亲的回忆，还是指导员的行为又让他体会到了母爱的温暖。指导员给他擦水的动作随意而自然，如同擦自己膝盖上落的饭菜，可是小牛，却又哭了。一股暖流，从胸膛的内里往上一涌，泪就挂在了眼眶。这样，指导员就第三次去脸盆摆了毛巾，递到了小牛手里。

指导员说，坚强些，你这孩子，心地太善、太软，看你这样一会儿哭哭，一会儿哭哭，你还怎样回家？回家了还怎样回来？说完了伸出胳膊，看看手表，默算一会儿，又说时间来得及，等一会儿文书再不回来你就回去收拾行李。说回去了代我向你父亲和哥嫂们问好，在灵棚前向母亲跪拜时也代指导员、连长和咱们连队向他老人家磕个头。又说假期的时间你自己掌握，家里的后事完了，就早些回来，脱不了身或想在家多住几天，就多住几天。既走之，则安之，别管连队。别总是想着连队，像连队就是家，离不开似的。连队就是连队，家就是家。一个战士是应该主动培养他与连队的感情，但不是这个时候，不是父亲、母亲谢世的时候。一个战士以连队为家应该得到敬仰，可一个战士从内心里想家、想父母也应该得到尊重和理解。指导员说小牛，别哭了。对，别哭了。你这孩子，现在已经不是孩子了，已经是一个解放军战士了，你一定要学会坚强，学会处事不惊，遇惊不乱，有了痛苦用坚强撑着，有了欢乐，用平常之心对待。说小牛，我给你一个任务，就是回到家后，无论父亲、哥嫂们多么悲伤，你不能把悲伤表现出来。你回家的任务，一方面是参加母亲的丧事；另一方面，也是最最重要的一个方面，就是化解他们的悲伤，让他们重新树立起对生活的热爱和对美好人生的信心。如果你回家给父亲又带回了更大的悲伤，那我就不批你的假，就不让你回家了。你记住三点，言简意赅说，一、你已经不是一个孩子，而是一个军人。军人就要坚强；二、母亲不在了，你要尽可能加倍地对父亲孝顺，把对父母二人的爱，全部献给父亲一人，让他老人家有个幸福的晚年；三、回到家你给家里带一件最好的礼物，不是钱，不是物，而是安慰。比如说，比如说，我不知道这样说是否合适，是否恰当，是否会伤害你的感情。话到这儿，指导员有意而长久地停顿下来，把目光落在了小牛的脸上，明确无误地是拿他下边可能说出的话，去征求小牛的意见。小牛望着指导员的脸。小牛自始至终都望着指导员的脸，有时如学生听老师讲课，有时像儿子在听父亲教诲，还有时，是像听众在听收音机中的小说连播。这个时候，小牛既像听一个长者对一个少年的开导，又像长给每个新兵慷慨馈赠的安慰一个样。单纯如盛夏的浓荫样笼罩着新兵们，使他们软豆腐般水嫩的心灵逐日地向外渗落着青春的水液。每个士兵都睁大渴望进步的双眼，唯恐不积极，觉悟的枪弹射不中前程的标靶。训练队列时，为了向左或向右看齐，可以在帽檐儿的两侧系上两根发丝样的细线，头一扭，正好以其余光和下几个士兵帽檐儿上的细线垂成一排。练匍匐和射击，可以在冰天雪地爬上四个小时，让肝脾心胃都结成冰块，手上冻裂的血口和黄河、长江一道儿并肩齐流。检查卫生时像孩子样把自己的手脸洗净、头发和指甲剪短之后，再到厕所冲净便池，在墙缝燃上自己掏钱买有香味的彩色细香，检查团没有到来之前，想拉想尿时，他们宁可憋死也不踏进厕所污染自己的劳动成果。集体荣誉和个人命运在这儿得到了完美结合。人生的漫漫之路和复杂多变，在这儿变得简单而直接，高尚而功利。这时候，一个月或几个月的新兵训练结束了。他们下的一种娱乐和味道。集会的内容也不再是抱怨连队的事情公不公，不再询问家乡的情况怎么样，不再替谁的对象聚散闲操心，大家共同关心的一个问题是，将来退伍以后干什么，城市兵大大咧咧说，我不怕，反正民政部门得给我安排工作吧。农村的拍着胸脯道，做什么生意他妈的还挣不了几个钱。然而聚会散了之后，躺在熄灯号吹过的床铺上，望着被淹没在漆黑中的天花板，谁都无论如何睡不着觉儿了，都为他今后真正的人生担忧了，为迷惘的前程不能入寝了。看到有的战友上军校，有的战友记了功，有的成为预备党员了，自己不免有些失落和伤感。宿舍外月光如水，游动哨的脚步由远至近，又由近至了远。营房外工厂的隆隆声和更远处火车的汽笛声，从来没有像今夜这么响，没有像意识到自己是一名老兵时这样刺过耳。日间里他还依然地同新兵们一样训练，一样生活，一样出操和下课，做出站好最后一班岗的模样儿，可他从内心深处开始忧虑听一个哥哥在对将要出门远行的弟弟的衷心嘱咐。小牛的脸色平静而又坚定，如将熟未熟，未熟已熟，红润而又饱满的一颗柿子。一个让人喜爱的国光苹果。他目光坚定，脸色发亮，原来摊开放在膝盖上的双手，已经捏成了拳头，就像已经拿定了什么主意，准备上马出征一样。从小牛的表情上，指导员知道自己完全可以把自己要说的话讲出来。而且，为了让指导员讲出来，小牛还向指导员轻轻点了一下头。到这儿，指导员就把自己面前的茶杯往桌里推了推，大着嗓子说，小牛呀，我不怕你生气，不怕你痛苦，就怕你父亲从痛苦中走将不出来。我直说，你母亲五十九岁就离开了这世界，再有一个月也才六十岁，这年龄的确小了些。人不到六十岁死去，总叫人觉得可怜，可惜，还不到老年。可过了六十岁，让人心里也就容易接受了，好像六十岁就是老年，五十九岁就还不是老年一样。所以呀，中国传统上就有个习惯，人活六十以后死了，白事也当成红事办，丧事也当成喜事办。农村，像北方农村，比如你们老家山东，都把六十岁以上的丧亡叫喜丧。你母亲虽然还不足六十岁，可算起也就只差一个月。然而，把阴历的生日挪到阳历算——现在农村也有许多人过生日是过阳历的。这样你母亲正好过了六十岁。我从你的档案查过了，按阳历你母亲是六十岁还要多几天。这样算，六十岁已经过去了，丧亡就可以当成喜丧了。我想，你从这个角度去考虑问题，去办丧事，从这个角度去劝你父亲和哥、嫂，你就能把安慰带回家，就能把我说的第三条落实好。话到这儿，指导员似乎把该说的终于说出了口，瞟瞟小牛，看他不像最早那么悲伤了，也不像刚才面带红润、双手成拳那样激动了。现在，他平平静静，一只手握着还有半杯水的杯子，杯子放在膝盖上，另一只手，自自然然，四个手指微微半屈，拇指搁在食指前端，说是虚拳，却像伸着手掌，说伸着手掌，却又如捏了一个虚拳。他的放松使指导员有些感动，宛若指导员如父似兄般说长话短，就是要让他从悲伤中走出来，进入到自然放松的状态一样。看到了他的放松，指导员动动身子，在床上调整出一个和小牛一样的放松姿势，轻声的，慢慢的，又叫了一声小牛，如有事要求小牛一样，说我有一个想法，不是计划，而是临时、突然的有了一个想法——现在连队想回家的人多，像你这样有觉悟的人少。母亲病重住院，接到电报又不给连队讲，不说不给组织上添麻烦，也尽量少给组织上添麻烦。所以，我忽然有个想法，有个安排，想在你走之前，在连队吃晚饭时多加几个菜，送送你。然后，部队集合好后，我在大家面前简要说说你的事迹，而你，在我说完之后，再到大家面前谈谈自己的想法、感受，教育教育那些发假电报、请假假的人。小牛，你不用说别的，就说自己接到第一、第二封电报后不去连队请假的真实想法，把你为连队着想的真实想法，一五一十地说出来，也就行了。榜样的力量是无穷的。你这样一个现身说法，比我做半天、一天的思想工作都强。说完了，咱们就开饭。吃完饭，我组织全连发假电报要请假回家的人都去车站送你。把自己的想法、安排说出来后，指导员又去端来水瓶给小牛续上了水。续水时，小牛脸上慢慢出现的犹豫像指导员倒的水线一样长。倒完了，指导员去放水瓶时，又背对着小牛说，不为难你，你不想讲了就不讲，我知道你这样做不是为了让全连人都知道你觉悟高，都来向你学习的。

　　小牛坐在椅子上，端着那杯满满的水，以屁股为轴心，转动着身子追着指导员说，指导员，我不想回家了，我不再请假了。指导员正弯腰放水瓶的身子半弓半直地僵在他的床头上，那块放水瓶的有些潮湿的脚地前。他有些惊怔、有些不解、有些惘然地扭过头来问，怎么了？小牛说，不怎么，我还是觉得不回家了好。指导员把水瓶放在地上，彻底地转过身，直起腰，说这怎么行，你这孩子，你这个兵，怎么能连母亲死了都不回家？这样做你能对起母亲吗？你能对起父亲吗？你能对起你的哥哥、嫂嫂和你自己的良心吗？指导员一连声的讯问，严肃而又深刻，似乎想让小牛为自己改变了的决定不仅重新做出改变，还要做出检讨。可是小牛却固执地站起来，把手里的水杯放在桌上，连杯里的水溅流出来，都未顾上去擦，便回过身子慌慌忙忙解释说，指导员，你先别批评我，我刚才算了算，我母亲昨天去的世，我今天接到的电报，就是我今夜动身上火车，到明天天黑才能赶到家，这还得路顺，下了火车就赶上往我老家去的末班长途汽车，要赶不上，就得后天才到家。可你想指导员，这么热的天，按风俗我母亲的死尸只能在家停三天，昨天、今天、明天——明天上午我母亲就出殡，我最快是明天落日之前赶回去，你说我回去能赶上母亲的丧事吗？既然赶不上丧事，赶不上出殡给母亲送行，我就想索性晚一些日子再回去。

　　立在床头，开水瓶的边上，指导员望着

小牛像望着突然由小长大的一个人，他不敢相信，小牛会做出这样的决定，不敢相信，小牛会把一道极其艰难、复杂的几何题连同结果和运算中的因为与所以，都一步不落地和盘端到他面前。仿佛，一个老师一眼就看出了那道题的正确性，又不敢相信那道难题是由面前的这个孩子推算出来的，因而便陌生地盯着面前的那张娃娃脸，直到确认了难题是由他演算出来的，由他个人独立地把正确的结果写在了作业上，才慢慢地朝学生走过去。到小牛的近前，指导员由衷地、缓缓地说了几句话，说小牛呀，我还是建议你不要管连队建设如何，自己今夜就回家；就是你决定今夜不走了，也要马上去给家里挂个长途电话，告诉父亲说忙过去这几天你立刻就回去，请他老人家和哥哥、嫂嫂想开些，不要因为妈妈不在了，沉在痛苦里走将不出来。

小牛就慌慌张张去营房门前街上的邮局给老家的邻居挂长途电话。因为邻居家没人接电话，发加急夜送电报，家里连夜便可以收到，他便给家里发了一封加急夜送电报。电报上写道：父、哥、嫂，按阳历计算，母已过60周岁，明日丧事，务请按喜事办理，我忙完工作即回，望谅。写完电报，小牛又仔细看了两遍，觉得既言简意赅，又意思明白，便交给邮局的营业员，付了款，出门吹着口哨轻轻快快回去了。回去他便径直去训练场上参加连队训练了。

革命浪漫主义

　　说真的，集体主义的光辉，已经照亮了一营三连官兵的心肺。干部战士们脸上的红色，使东方的旭日，都有了几分自愧弗如的羞惭。晨曦虽一如往日样红红艳艳，可当三连的一百二十号士兵，八点钟列队在连队的荣誉室门前时，那一百二十张红光满面的脸膛儿，使自惭了的日光，不得不悄然地躲在了秋时的云后。

　　连长未来的妻子十点钟就要走下火车，那位来自江西老区的姑娘，在三朝两日之内，就将成为三连长名副其实的爱人。已经三十二岁的连长，就将随之成为二十二岁的那位漂亮姑娘的丈夫。一个新的家庭就要诞生，又一粒健康的革命的细胞，将如增砖添瓦般走入我们社会的肌体，这哪能不让三连官兵为之亢奋，为之激动不已，为之个个红光满面，群情激昂，如同战争已经结束，凯旋已经到来，鲜花、美女、锣鼓、鞭炮已经等在前面一样，如何能不让二五零团一营三连全体官兵，列队到火车站去迎接连长未婚妻的光荣到来。

连长的媒人是指导员。连长已经三十二岁，始终没有找好对象，立业而无家，这不光是三连官兵集体的内心疼痛，也是营首长的心头之患，团首长的带血伤疤，还是师首长每到二五零团吃饭时拿起筷子的一次次的由衷伤感。师长说，三连长还没成家？团长默默地点一下头，筷子和碗就僵在了半空。许久之后，坐在师长身边的团政委，望着师长怅然的脸色，表态说，请首长放心，到年底我们一定帮三连长找好对象。以为这样的表态，会使师长安心地吃下检查工作的一顿午饭，可是，师长却愣了一会儿，把手里的筷子扔在了饭桌之上，使那一双筷子，如从山坡上滚下的两枚炸弹，隆隆的响声，惊吓了饭桌上所有二五零团的大小军官。

师长说：年底不行。今年秋天，我就要来参加三连长的婚礼。

团政委说，首长请放心，秋天之前，我们一定帮三连长找好对象，到时候一定让首长喝上喜酒。

然后，给三连长介绍对象，就成了二五零团的一场战争。一场悄然进行的战役。团长、政委、营教导员，还有一营长，各自都发动了自己的老婆和亲朋好友，把三连长的简历像撒传单样撒遍了祖国大地，抱着广种薄收、千网一鱼的凄然而侥幸的心情，到末了却是如千古大旱一样，粮无颗粒，鱼无片鳞。时间已经从夏天到了中秋，营院外玉蜀黍的缨儿都已枯黄，浓烈金黄的香味，已经在豫东平原上昼夜不息地漫散开来，连营院内的角角落落，都布满了秋香的天罗地网。团长和政委以为一场战败已经不可避免，一营党委也认为，既然攻不下山头，就该向团党委有个合理的交代，哪怕写上一份检查，哪怕遭到集体的降级、免职，也必须如实地向团长和政委做出解释，说对不起了首长，我们没有完成任务，能不能把时间推到年底，到了那时，到了那个时候，我们如果还不能给三连长找好对象，还不能让他结婚，我们一营党委，甘愿集体辞职，哪怕都被押上军事法庭。事情就是这样，在这近乎绝望之时，近乎要举手投降时候，三连的指导员却突然宣布，说他已经帮连长找好了对象，对方是他的同县老乡，二十二岁，是县委宣传部的新闻干事，才貌两全，其长相如柳枝桃花，全县的女青年都无法与其媲美；而才华，就更是高山峰巅，罕见出众，千里挑一，万中难求。指导员宣布这个消息时候，营党委正在开会，商量就三连长的婚事问题，如何向团党委做出失败的交代，就是这个时候，就在这最为关键的时刻，营党委最年轻的党委委员，刚到一营当了个半月连政治的三连指导员，竟石破天惊地宣布说：

——我帮连长找好对象了。

那时候，营部会议室从西向东，面对日出的方向，红彤彤、暖洋洋的伟大的日光，正无私地向世界播布着它的金色光芒。营区在那伟大的日光中，也毫不客气地吸纳着太阳的热能。辰时的秋凉已经退去，上午的秋暖已经到来。一营营部会议室的窗玻璃上，每一块都有太阳照晒的微细的声响，像柴草在烈日之下暴晒后彼此的细语。会议室里的军官们，党委书记、副书记和委员们，听到三连指导员那半是微笑，半是严正的一句宣布，营长和教导员就都呆住了。各连的指导员也都愣着了。因为暖热，脱下来挂在椅背上的军装和摆在会议桌上与茶杯并肩的军帽也都愕然了。大家都把目光旋到坐在边上的三连指导员的身上去，像准备缴械投降时，一个最不起眼的士兵突然宣布他把山头攻将下来了，战争胜利了，敌人已经向我们举了白旗和双手，剩下的事情就是如何去收缴战利品。日光在会议室中流动有声，军官们你我相望相撞的目光，也如同遥远的枪林弹雨。空气有些凝重，也有些春天来时冰雪融化的寒暖。就在这意外的宁静中，营长不知为啥把自己的军帽从桌上拿起来，看了看，摸了摸那闪光发亮的新帽徽，把稍有些歪斜的帽徽旋了个正，然后又盯着三连指导员的脸，缓缓慢慢、不轻不重问：

——你说啥？

——我说我已经帮连长找到了未婚妻。

营长说，不是萝卜白菜吧？

指导员说，才貌双全。工作在县委宣传部，每年《人民日报》都登她的稿，咱们团里、师里的新闻干事都比不上；长相呢，一个县城的姑娘都没她长得好。

教导员说，喂，这可不是玩笑的事。指导员说，玩笑什么呀，我是当作政治任务来做的。

教导员说，真这样。人家同意吗？

指导员说，连长的情书是我替代写好寄去的，人家要连长的照片时，我把我的照片寄去了。我就写了封信，九首诗，寄了一张我去年在机关立功受奖戴红花的四寸照，想不到她就那么愿意到部队来和连长见面了。可她真到了部队呢，我就不知道该咋样去做后边的工作了。

然后，然后呢，会议室里哗的一下静下来，三连指导员就把他的头勾到桌子下边了。所有的目光都集中到他头上，像十几管枪炮压在了他头上、身上一样。就这样过了一秒钟，十秒钟，以为时间会轰的一声爆炸呢，没想到营长脸上浮了一层笑，扭头朝教导员望了望，收了笑，突然从桌上拿起军帽在桌上摔一下；说团里大比武，我们一营是冠军，政治思想工作考试总分第二名；师里大比武，我们营里是亚军，可政治思想工作评比是第一。说我们一营的工作在师里、军里都是挂了名号的，我就不信她来了，我们就做不通她的工作了，不信凭我们在座的实力和能力，不给团首长和师首长添任何麻烦，就把一个姑娘留不到军营里，不信凭集体的智慧和诚意，就不能让她和三连长成个家。说指导员，你让她来，只要她踏进咱们一营的营区，我和教导员就定能把她留下来。不出三天，就能让她和三连长进洞房。

她来了。果然就来了。

不给首长添麻烦是每个军人的职责和义务。一营长和教导员没有通知团里任何人，就组织部队去车站迎接了。火车在时代的轨道上，轰轰隆隆开进了站，徐徐缓缓停在了站台上。接下来，三连欢庆的锣鼓便敲得如迎接凯旋的英雄样，如迎接从北京来的每百年才有一见的伟大导师样。当她穿着大红的毛衣、提着一个那时代的人造革皮箱出现在车厢门口那一刻，锣鼓声忽然熄下来，鼓掌声也猛地歇下来。轰一下，全体官兵的目光都在那一瞬间落在了她身上，所有官兵的脸上，都是一色的惊异和兴奋，如同突然间，人们在十年阴雨之后看到了伟大的日出样。太阳悬在平原之西的天空中，车站里一片粉淡与金黄。那一刻，世界上的静，连目光落在地上都是当当啷啷的响，连秋日的香味从田野漫进火车站，都起台风吹在站台上。好在来迎接她的教导员和营长醒过神儿早，前者大声咳一下，后者冷了官兵们一眼睛，金黄的锣鼓声便又欢欢喜喜铺天盖地了，鲜红的鼓掌声便噼里啪啦川流不息了，使那片刻被她的漂亮在世界上惊出的诧异与宁静，在她不觉间便从她眼前滑了过去了。她就立在那车厢踏板上，朝着官兵们瞟一眼，在人群中没有找到将与她结为革命婚姻、百年伉俪、组成五好家庭的三连长时，脸上有烦云浮上来，然没等她开口问啥儿，教导员便上前接过了她的皮箱说，欢迎！欢迎！营长便扶着了她的胳膊说，您下车慢一些，三连长和指导员都没来，部队忙得很，他们去师部向首长汇报工作了。

便簇拥着把她迎出了火车站，锣鼓声抬着她的行李扶着她的手，把她送上了营里的那辆新启用的北京吉普车。

回到营房时，营长没有让她住进连队

里，而是住到了营部去。营长搬出来和教导员住进一间屋里了，让她住进了自己的屋子里。那屋子的墙上新刷了石灰水，新挂了毛主席的像，挂了李玉和的像，杨子荣的像，还在一张桌上摆了几本书，在书缝插了只有大首长来时才插的香味香。在门后的脸盆架子上，换了新脸盆，新毛巾，新的香皂盒。香皂盒是粉色发亮的红塑料，别看那盆子小，可它使那一间屋子里，除了浓烈的燃香味，还有淡淡的塑料味，半浓半淡的石灰水的白碱味，清爽舒畅的香皂味，使得那十几平方米的一间屋，立刻就馨香凉爽了，凉爽温暖了，如这季节的一早一晚样，如革命形势中抓了革命又促了生产样，抓了生产推动了革命样。

　　一切都是沿着计划前进的。都是纲举而目张着，一步一个脚印向前走着的。在营长的门前加了哨，使姑娘吃了饭，补了两天两夜火车的行驶使她缺的觉。接下来，在哨兵保卫着的安静中，因为三连长和指导员到师部汇报工作了，白天就不能来和她见面说话儿，就由教导员和营长轮流着来陪她。营长重点向她介绍部队建设和三连的工作，尤其是三连长忘我的工作精神和态度，集体主义思想和作风，为共产主义而奋斗的热情和觉悟；教导员则重点向她介绍营里的思想工作和政治教育的景况和成果，重点谈三连长虽是军事干部，可却把思想工作放在首位上，说他如何帮助邻村一个瞎子老婆挑水和扫地，十五年如一日，给瞎子老婆梳头和给自己的母亲梳头样；说他为了把军事训练搞上去，发现一个新兵训练时情绪不太好，在操场上总爱朝着正西方向望，后来三连长一查地图，发现他家是在营房几百里外的正西方，三连长往他家写了一封信，知道他母亲有病了，在住院，三连长就把他几个月的工资寄到那个兵的家里了。

教导员说，我们三连长，长得确实没有雷锋好，可他的品质比雷锋还高贵，要是毛主席能早些知道我们三连长，那全国人民学的都不是雷锋了，肯定是我们三连长。

营长说，我们三连长，个儿虽然矮一些，虽然黑一些，可要认真比起来，什么董存瑞、邱少云，其实哪一个都不如我们三连长。董存瑞不就是在万般无奈时，把一个炸药包举在了头上嘛，可我们三连长，在一次施工中，亲自用一根竹竿挑起过五个炸药包；邱少云不就是火烧到身上时，咬着牙没有唤叫嘛，可我们三连长，前年豫东有个水坝裂了口，被子、沙包扔下去堵不住那裂口，我们三连长一声不吭纵身一跃，下去就用他瘦小的身子把那裂口堵上了。

关于三连长那无与伦比的模范事迹，指导员说得和政治处仓库堆的没发出去的奖状一样多。

关于三连长的英雄业绩，营长说得和司令部军械仓库中的枪弹一样多。

到末了，天黑了，门口的哨兵由一个换成了两个了，待炊事班把她的加餐菜送到营长的宿舍一吃完，营院里便亮了路灯。操场上又开始了反帝反修的加班训练。全团官兵，都到了大操场，各个营部、连部也都有了空虚，这时候，三连长就不能不如期而至了，不能不真正开始他爱情生涯的主演了。陪三连长来见她的是指导员。指导员是她的同乡，她来时还拿着指导员寄给她的照片和三封信、九首诗。她是怀着美好的革命浪漫主义情怀来到部队的，待三连长将要出现时，她还又洗了脸，梳了头，在脸上偷偷擦了资产阶级的雪花膏。待一切收拾停当了，便真正拉开爱情的最后一道幕布了，生旦净末丑也就登场了。

　　三连长是和指导员一块来到营部的。那一夜星光朗朗，月色柔融，有路灯的地方，灯光月光浇在一块，地上呈出革命的黄红之色。没有路灯的地方，则是一片清明淡淡，如湖水样平静安详，表现了丰富的、革命的诗情画意。营部门前，几棵天高地大的泡桐上硕圆的叶子，在月光中呈出乌黑的绿色，落在地上的暗影里，有一个垒着一个、扯着一个圆圆的镜子般的月团儿，把那树影的黑色映成了地瓜粉样的浅黑和淡白。蟋蟀的叫声如同革命歌曲样，嘹亮而有节奏，偶尔响起的夜知了和夜鸟的鸣唱，莺歌燕舞般装点着夜的美丽。就这个时候，三连长怯怯地来了，他走在前边，指导员跟在他的身后，每走一步，指导员都要朝他的后腰上推一把。每推一把，指导员都要说上一句，走嘛，我都豁上了，你还怕什么。每说一句，推上一把，连长也才会迟疑着朝前挪上三步两脚，直到营部门前的哨兵面前，哨兵突然问道——口令？三连长愣了一下，没有回过神儿，指导员跟着回答——革命，哨兵说——成功。接着又庄严地向连长和指导员行了军礼，问候说首长好。三连长才最终明白过来，营部到了，戏开始了，他登台了，一切都只能硬着头皮，把演出进行到底时，才在哨兵面前顿住脚，还行了礼，拉了军装衣角，正了军帽帽檐儿，把军容与着装弄得整整齐齐后，才一脚一脚地朝营部里边走。

教导员的宿舍和营长的宿舍中间隔着一个会议室，去营长的宿舍时，必须经过教导员的屋。教导员的屋门半关着，留一条门缝有半尺宽，到那门前时，三连长扭头朝里看了看，看见营长倚在桌角上，脸上板了一层急切的暗红色。待见了三连长的迟凝时，营长用鼻子哼一下；待看见三连长在那门缝外脚步又淡了，他用上下牙齿咬着下嘴唇拿右手狠狠在桌子角上拍了一下子，冷冷道，把我和教导员说的全都记住背上一遍就行了。

　　三连长就往前边走去了。

　　指导员转身进了教导员的屋。

　　随后片刻，营长屋里有了开门声，过一会儿有了关门声。

　　房前屋后的寂静，像水一样淹了营院、营部和营教导员的屋。哨兵朝远处走过去。一个成了固定哨，另一个成了游动哨。游动哨不轻不重的脚步和大操场上隐隐传来的训练声，呢呢喃喃响在营部前的月光里。天空是一种透明的深蓝色，凉爽像看不见的细雨般落在这秋夜里，使秋天熟透的热暖的庄稼香和军营里特有那细微的擦枪油的味道，一冷一热地从营长的屋前飘过去，又从教导员的屋前飘过去。

没有一点声息儿。

营长和教导员的屋里都没有一点声息儿。

静得如窒息一模样，如战争间隙对阵双方的彼此等待样，如大革命后世界上突然降临的沉默样，如革命形势动荡前的思考样，如一台大戏拉开幕布后片刻的宁静样，如炮枪弹雨之前敌我双方各持着长筒望远镜的观察样，就那么安静着，等待着，让时间像冬天房檐上挂的欲落未落的一滴水因为未及落下来，却终于凝着冻在檐上了。然后呢，然后过了子弹飞出膛的一段工夫儿，过了一刻钟，一整天，一整个世纪，营长的屋门哗啦一声响，连长就站在门外了，唤着指导员——指导员——不等指导员的回应从教导员的屋里传出来，从营长的屋里就传出了连长未婚妻那红艳艳、干裂裂的唤着指导员名字的大叫声，像手榴弹、炸药包样响在营部里，夜空下。

一营营部那平整整的安静，仿佛落在地上的玻璃般哗的一下就碎了。接下来，她似突然间明白了什么样，大唤大叫了几下，那唤叫就变成了见了鬼似的哭和唤。又沙哑，又尖厉，开闸的水般从营长屋里奔腾不息地泻出来，飞流直下到营部前和二五零团的操场上，把二五零团的革命军人全都惊住了。

夜空明净，军营里透透亮亮。三连长未婚妻的哭唤洪水一样淹没了一营周围的房屋、树木、操场、单杠、双杠、木马和士兵。有许多军人在操场那儿停了训练朝着这儿看。有闲散的军人要试着朝一营营部这个方向来，却都被哨兵心有灵犀的呵斥挡住了。

一营成了神秘的大舞台。所有的观众都只能在遥远的戏院外，不能走进戏院内，更不能到那舞台下。这戏不需要观众和听众。但没有观众与听众，也还要打靶瞄准样一丝不苟地演下去。三连长这个爱情主角退场了。指导员这位红媒主角就该上场了。她的哭唤撕裂而尖细，像一位胆小的姑娘遇上了鬼或是遇上了蛇，叫着指导员的名字如同她嘴里含了几块烧红的铁，恨不得一口气把那几块红铁全都吐出来。

指导员是她刚叫了一声就从教导员的屋里跑了出来的。她叫到第三声，指导员便飞奔到了她面前。营长屋里的灯光明晃晃从门里铺出来，她立在屋门口，柳条样的身子和柳枝样的散头发，在那席似的灯光里，剪影样落在地面上。指导员到了她的面前时，不知道为啥她突然不哭了，戛然止住了，像终于找到了罪魁祸首样，呆呆地盯住他，立在那儿一动不动弹。可是指导员，却像她会怎样都在预料之中样，到她面前立下来，敬了一个礼，又鞠了一个躬，轻声说，老乡，我是来向你赔罪的，打我、骂我，朝我脸上吐痰今夜全都由了你。说完，指导员就迎着她朝营长屋里走，不知道是指导员顺势把愤怒的她推进了屋子里，还是她闪开路道，让指导员进屋时，自己退进了屋子里。

总之，指导员一进营长的屋，他就把营长的屋门顺手关上了。

从门口铺到门外的灯光没有了。

营院里又一片宁静了。

一切都和什么也没发生一样，月光还是那样明明朗朗，树影还是那么婆婆起舞。大操场上的军训，有的连走去了，有的连还在做队列，越障碍，口令声短促有力，像锤子样有起有落。一营营部呢，除了两个哨还在那儿执勤外，外边连一个人影都没有。营长和教导员还在教导员的屋，刚才三连长未婚妻在门口狂唤时，他们是都跑了出来的，可待指导员进屋关门后，营长和教导员也又进屋关门了。通讯员进来给他们倒了水，教导员问说没事吧？通讯员说没一点声音呢。营长就说你再出去听一会儿。

通讯员就从教导员的屋里走出来，提个空的水瓶装着去打水，到营长的屋前站住了。果然呢，营长的屋里没有任何异样儿，只有指导员嘟嘟囔囔的说话声，在外边一句也听不到。而那来自江西老区的姑娘，县委里的青年干部，谁也不知她在屋里干什么，说什么，竟连一丝声息都没有，像那屋里只有指导员一个人在自言自语着。

通讯员在离窗户有一米远的地方站一会儿，听一会儿，转身要走时，他又站住了。要走时他忽然听到那女子呜呜的哭声了。这哭声和刚才撕裂裂的叫声完全不一样，又悲切，又细腻，像一股沿着草地漫流过去的水。听到这哭声，通讯员在那儿愣一会儿，慌忙跑回到教导员的屋子里。接下来，教导员和营长都从屋里走出来，站到营部的过道上，听着那哭声，盯着那从窗里透过的一束光。不知为什么，那哭声先小后大，似乎起初她是趴在桌子上或床上，哭声里有嘴被捂住的嗡嗡的音；后来仿佛她坐直了身子样，那哭就不再顾及什么了，放大悲声了，像痛哭流涕了。

谁都不知道指导员和那姑娘在营长的屋里说了什么话，他们之间究竟发生了什么事。营长、教导员，还有不知从哪里出来的副营长、副教导员、营部书记、军医，还有营部通讯班的兵，这时候见营首长站在门外了，也都站在门外朝营长的屋里听着看着了。月亮已经朝东边移过去。夜已经深下来。大操场那儿已经没了一兵一卒。熄灯号不知什么时候都已响过去。在这静夜里，她的哭声有许多人道主义的伤痛感，一哭一颤，把营部官兵和远处的哨兵都弄得不知所措。就是这时候，在她哭声不止时，指导员从那屋里开门出来了。

指导员站在门外朝着远处望。

教导员过来了。

指导员说她怨气小了些，可要连夜走，回江西。

教导员没说话，如接过接力棒样进去了。

大家仍在营部的各个门口朝着那儿望。副营长和副教导员在军医室的门口上，军医和几个兵们站在值班室的门口上。所有的人都是站着的，如胆怯怯地在等着一件事，只有营长把椅子搬了出来了，坐在教导员的屋门口，端着水杯子，每喝一口便抬头望一下，待水杯喝剩下半杯时，通讯员就会及时地给他续上水。灌满水的水瓶就放在他身边的窗台上。那竹壳水瓶上有为人民服务几个字，在月夜里红字呈着暗黑色。

官兵们盯着营长的屋子望，听着那江西女子的哭声悲悲戚戚从那屋里传出来。可是盯着、听着呢，没多久那哭声就没了，像风息浪止了，归了平静了，都以为形势有了好转了，教导员却从那屋里走出来，立在门口朝营长招招手。

营长走过去。

教导员说看你的了，不哭了，可还是要走呢。

营长进屋了。营长进屋和指导员、教导员进屋一模样，先把门关上，把一片寂静留在门外边。可营长进屋没多久，不知他和姑娘说了什么话，做了什么事，只听到屋里传出几下叮当叮当的响，教导员捕捉那响声，坐到门口的椅子上，一杯水还未及喝干净，营长就又从屋里开门走出来，对着面前大声地说，通知大家，准备送姑娘到火车站去。

所有的人都微微怔一下，便各自回屋了。该干什么干什么去了。

夜已经深到了月亮将落时，秋寒像水样从田野越过围墙和哨兵，把军营变得寒凉而凄清。营院里的泡桐树，有早黄了的枯叶落下来，到了地面时发出木板落地的扑通声。白天还欢叫着的知了，不知为啥这时会从树上掉下来，掉下来就再也飞将不起来，露水把它的翅膀打湿得和擦枪布样油腻而沉重。这时候，江西姑娘，这位年轻的党员女干部，就从营长的屋里出来了。去接她的是营长和教导员，去送她的还是营长和教导员。教导员在前边提着她的行李走，营长在后边提着部队给她准备路上吃的水果、罐头和点心，鼓鼓囊囊装满了一个黄挎包。要说她前后到一营还不足一整天，可这一天的经历比她二十二年经历的痛苦还要多，正常间是恨不得一步就要离开军营的，可她是党员，有觉悟，又善良，提着行李从营长的屋里走出来，竟还很留恋地扭头朝屋里看了看。

营长说，你该住一夜，明天我派车带着你到市里转一转。

她说，算了吧，家里工作忙得很。

就走了。可刚走了几步，就见副营长和副教导员带着二十多个营部的干部和战士，列队在营长的屋前等着为她送行。大家见了她，没人唤口令，却都同时抬起右手朝她敬着礼，同时齐声说，你在这儿住上一夜再走吧。像是干部战士们集体向她求着样。这样儿，她就有些不好意思了，如同是自己对不起了官兵们，想说什么话，没能说出来，便只好把头低着走路了。可又走十几步，到了营部门前的空地上，想要抬头时，却又看见白天去接她的一百二十个三连的干部和战士，不说话，全都列队默默地站在那空地上，全都朝她敬着礼，全部的目光都是哀哀求求地望着她，仿佛只要她还朝前走，她不停下来，留下来，战士们的目光就都会有眼泪流出一样，敬礼的手就会凝死在帽檐儿上。她不知如何是好了，不知该怎样和这些兵们说话儿。她望着他们，他们也都望着她，且她慢慢往前走去时，他们也半旋着身子，用目光和敬礼追着她。那段路她走得有千里万里，如同一次心灵的长征。到了长征最后时，她又回头瞭一眼战士们，心想该三步两步就离开战士们，离开营部前的空场地，可是营长和教导员却在前面挡住路，走得不急也不慌。她说营长，你让大家都回吧，千万别送我。营长说，都是自发的，都是三连长的兵，都是为了向你表达表达心情嘛。她说教导员，求你让大家别向我敬礼了，他们向我敬礼和打我一模一样。教导员说战士们质朴又可爱，谁都没有权力剥夺他们向他们最敬重的人敬礼的权利呀。

就这么，她就在那一片的敬礼和目光中，爬雪山过草地样走出营部了。可往操场边停的吉普车前走去时，又忽然看见车后站的士兵不是一个连，而是一大片，几个连，一个营。一营四个连队的官兵都在那儿集合着，他们着装整齐，目光感伤，看到她来时，都和三连士兵一样，没有口令就都把右手抬起放在了帽檐儿上。朦胧的月光下，那一大片敬礼的右手，在半空如一片森林一模样。这时候，三连的兵们都又敬着礼，从她身后跟过来，这样儿，全营五百多个人，一千多只眼，就那么哀伤伤地望着她，像一片孤儿望着要丢下他们远走他乡的一个姐姐样，就用哀求的目光把她包围了，用庄严而伟大的军礼把她包围了，用革命者的真诚把她围得水泄不通了。

她不得不在那包围中站下来。

站下后，她看着一营的全体战士们，想了想深深地朝大家鞠了一个躬，大声地用哭着的嗓音说，我对不起大家了，对不起大家了，也对不起了三连长。说完准备去开吉普车的车门上车时，以为一切都已结束时，她也说得动情，做得得体时，一桩意外发生了，轰轰隆隆地发生了。

五百多个军人，所有敬礼的手都从帽檐儿上拿下了。

不再敬礼的五百多个士兵，哗的一下突然朝她跪下来，在夜的朦胧里，五百多个士兵像一座山在她面前坍塌样，像一片树林在她面前倒下样，跪下的士兵们，在她面前如同听着口令，共同唱着一首凄婉的歌曲样，齐声地说了一段话——求你嫁给我们连长吧。你要不嫁给我们三连长，我们一营五百多个兵就在你面前跪着不起来，就算我们五百多个兵求你了，求你嫁给我们连长吧，嫁给三连长我们都会对你好的呀。

她摸着车门把手的右手僵住了。慢慢地，当她看到在月光中跪得最前、离她最近，说话声音最大的，是替三连长写了信，写了诗，还把自己的照片当作连长的照片寄给她的指导员时，她不知为什么又哭了，泪像泉样涌出来。

这一夜，她终于没有走，又折身回去住

在了营部里。因此，革命形势有了急剧的变化。东方的日出，终于照亮了所有该得到阳光的地方了。

三天后，她就和三连长结婚了。

洞房是三连长自己的宿舍。宿舍的墙上贴满了三连长入伍以来以自己的理想和生命挣来的无数奖状和喜报，挂满了立功证书和奖章。团长、政委陪着师长来喝了这秋天的喜酒后，回去给三连指导员记了一个三等功，给营长、教导员分别给予团嘉奖提前晋了职，给一营各连，都发了一头猪，让大家会了餐，都吃了一顿红烧肉。

革命形势一片好，秋冷冬寒春来早。

爷爷、奶奶的爱情

北方的人，大都明清着一桩事：冬和夏是死人的旺日子。冬天酷冷，人就给冻死了；夏天酷热，人就给暴死了。所以，北方的乡下人都说，冷啊，冻死人哩；热啊，烫死人哩。

这年冬天，李庄老汉便被冻死了。

村街上的地给冻裂了。有人家的水缸也给冻裂了。各家院落里的椿树皮，楝树皮，房后的皂角树皮，门前的泡桐树皮，河堤上的杨、柳树皮，一股脑儿都被冻干了。榆树皮还是那样子。凡是春天青亮光滑的树皮全都冻得干焦了，和榆树皮一样皱巴了。榆树皮皱得结实哩。

奶奶昨儿入夜忘了一件事。忘了把轧水

井里的水放了，今儿一起床，那井桶里的清水就成了冰柱子了，桶里原是有水的，可铁桶在轧水井的流嘴下边，和地长到一块了，拔不下来了。桶里的水也成了死冰凌。奶奶在桶边生了火，要把水桶从地上烧下来，把桶里的冰块烧出来。烧着火，爷爷从门外进来了，说哎哟呀，大冷的天，李庄死了哩，昨夜冻死啦，村里还没人为他安葬呢。

说完，爷爷就蹲在奶奶身边烤着火，装上一袋烟，没有吸，望着在火边摇晃着水桶的奶奶的脸。

奶奶已经把和地长在一块的水桶烧热了；把桶里的冰块倒进锅里就可以煮饭了；再摇几下便可以提着水桶去灶房了；可奶奶却不再摇那水桶了。她说，昨儿我还看见李庄在村头晒着日头哩，咋就死了呢？

爷爷说，多冷的天，好些年都没这么冷过了。

奶奶又往火上加了一把柴，摇着桶，说，大门口的桐树你该包一层稻草，不包草它们也要冻死哩。

爷爷从奶奶的话里听出来了味，把奶奶摇动的桶提进了灶房，把半桶冰凌倒进了铁锅里，然后走出来，往手上哈了一口暖气儿，看看青冰冰的天，回头望着在灶台下生火的奶奶不说话。

奶奶说，你去给桐树包上稻草啊。

爷爷说，算啦，啥也不再计较了，我看把我的寿衣送给李庄吧，他走得仓促，没有一样齐备的东西，连棺材板都还湿漉漉的靠在房檐下。

奶奶望着灶膛里的火，脸被映出了一层黄亮的光。她没有扭头去看爷爷的脸，也从爷爷的话里听出了味，就那么盯着灶膛里旺势盛盛的火，一只手僵在风箱把上，一只手抓住一把柴怔在灶膛口，默一会儿，把右手的柴火送进灶膛里，左手又接着拉风箱。

你看嘛，奶奶说，那是你孩娃给你准备的哩。

送去吧，爷爷说，李庄可怜哩。

奶奶拉着风箱烧饭，呼噜呼噜的声响，在寒冷的冬日里，柔柔软软地从灶房传出来，像暖棉花一样飘在院落里，又飘过上房。爷爷就在那声响中，到上房的里间，打开一个褪了漆色、雕有青龙红凤的老箱子，翻出了他的绸寿衣，夹在胳膊弯里往门外走去了。爷爷走出屋门，走过院落，我还听见奶奶嘱托着说，你快些走回来，把那桐树包一包，大冷的天，别把桐树冻死了。

爷爷应着声响走出院落大门。

爷爷走出院落大门前，奶奶的风箱声还在呼噜呼噜地响，均均匀匀像人爬坡累了的喘气声，可当爷爷走出院落大门，把院落大门关了的声响传回来，奶奶的风箱声音冷丁儿没有了。好长好长时间的没有响动了。一世界都在寂寂的冷和寒寒的沉静中。随后，我在暖暖的被窝中听到奶奶在灶房呜呜地哭，声音雾雾的，如从头顶流过去的云。

穿好衣裳，我立到灶房门口问，奶奶，你咋呢？

奶奶就惊着，闻了哭声，望着我说，村那头的李庄死了。他六十五岁，你奶六十四岁；大冷的天，他死了，该轮着你的奶奶了，昨儿水桶都长在地上了。井桶冻实了。可让你爷爷把桐树包一下，他不包就走了。去给李庄送他的寿衣了。门口的三棵桐树是去年刚栽的苗，怕是熬不过今年冬天哩，多少年都没有这么冷过了。

我立在门口上，听不清明奶奶说了些啥。

李庄就死了。

就埋了。

埋那天我去看热闹。也没啥热闹看，冷冷清清，几个人把他从草铺上抬着往棺材里入殓时，应该是有着仪式的，比如说亲人们的最后告别和问好。告别时，也应有一人掀开盖在他脸上的白毛巾，让他的儿娃后辈看着他，含泪哀哀地叫着爹，叫着伯，叫着爷，说你要换房搬家了，要出门上路了，以后要自己照顾自己了，冷了多加衣，饿了就烧饭；没有钱花了，就给我们托上一个梦。可是，李庄是没有一个亲人的，也没有侄男侄女啥儿的，于是就不需这些仪式了。

他一辈子没有成过家。

我知道他为啥一辈子没成家。

是听村里的人给我唠叨的。为了听故事，吃过夜饭，我就去人家家里帮着剥玉蜀黍。鸡睡了，狗睡了，到了半夜里，烤着火，剥着玉蜀黍，人家把故事讲完了，可房檐下的玉蜀黍吊儿还没剥完哩，人就说，不讲故事了，讲个真事吧。说三四十年前村里是有个地主的，地主家里不光土地多，媳妇儿也多，一个人就有一大二小仨媳妇。解放了，把他家的地分了，财分了，把他的媳妇也给分掉了。说不对的，媳妇没有分，大媳妇留给他，让二媳妇、三媳妇想回娘家了回娘家，想嫁给村里的谁了她就嫁给谁。

二媳妇就抱着孩娃，回了她的娘家了。

三媳妇年轻没孩娃，娘家又没啥儿亲人了。干部说，你咋办？她说我不走。干部说你想嫁给谁？她说嫁谁都行，反正我不走。干部说婚姻自由呢，你只要说出一个名我们就让你嫁给他。可她说不出一个人名儿。干部就说，那你嫁给村里的一个民兵吧，解放军从村头过去那一夜，是他到村头给解放军送了一笼馍，一村人都睡着，就他去蒸了一笼馍。吃水不能忘了打井的人，你就嫁给那个民兵吧。

她就嫁给那个民兵了。可她原是想嫁给那地主家里的长工的。她不想回娘家就是想嫁给那个长工的，她一嫁到地主家里就觉得那个长工好，那长工没人时候也是要和她偷偷说话的。没有解放他们也就贼着好上了。她不敢对干部说她想嫁给那长工，就是因为她和那长工贼着好上了。

她没有嫁给那长工，也就嫁给那个民兵了。

民兵有一夜给解放军送过一笼馍。

我说后来呢？

人家说后来那长工就一辈子独自过着了，那三媳妇和民兵生了一个娃，那孩娃长大就到城里工作了。

再后哩？

再后来房檐下的一吊玉蜀黍剥完了，人家就笑了，说那孩娃在城里工作了，成家了，也就生了你。接下来，人家就把我送出家门了，我就知道奶奶原是地主家的三媳妇。李庄就是那长工。爷爷就是去给解放军送了一笼馍的人。我真是要感谢爷爷哩。爷爷去送了一笼馍，就能娶上我的奶奶。要没有那笼馍，说不定奶奶就嫁给那个长工了，那就没有我的父亲了。没有父亲也就没有了我。

我真要感谢爷爷哩。

还要感谢那笼馍。

那一夜，夜深得有如一眼井，玉蜀黍剥完了，故事讲完了，我从人家家里走出来，夜又像一摊即将冻住的稀泥样，黏黏硬硬，弥漫着酷冷的土腥味。我听见了谁家门口倒出的脏水结冰时那细碎的咔嘣声，还听见迎面走来找我回家的爷爷的脚步声。我想问，那一夜爷爷给人家送了多少馍？是黑馍、白馍，还是花卷儿？还要问奶奶是不是年轻时漂亮得没法儿说？不漂亮她咋能去做地主家的三媳妇？还有那地主家里现今儿咋样了；要活着那地主该有九十九岁吧？可我瞌睡了，一见爷爷拉着我的胳膊我就睡着了。真不该，我竟睡着了。

待我一觉醒来时，李庄就给冻死了。多冷的天，埋李庄时，坟前摆的明明是刚从锅里捞出来的热炖鸡，可转眼那鸡就不冒热气了，成了冰坨了。好像是因为天冷才慌慌张张地把他埋掉的。他没有儿娃，也没有人哭，入殓着棺时，只有我爷爷领着几个村人把他从草铺抬进了棺材里。爷爷说，李庄兄弟，你先走吧，活着我没有做过对不住你的事，死了我也不会做对不住你的事。

说走吧你，说你一走，人心就静了。

几个人把李庄抬出村落埋掉了。没有响器，也没有鞭炮，抬出村子时仅有一副棺材，没有纸扎装饰，没有白孝哭声，就像从村里抬出一段木头样，连看的人也都觉得没趣了，在自己门口袖着手，跺跺脚，又回家里了。

酷冷的天。酷冷，又不肯落下一场雪，连门口的桐树也给冻得干枯了。

李庄死了，奶奶就病了。

也像是因为李庄死了，奶奶才因此生病的。奶奶不肯吃饭，就爱喝些汤水。汤汤与水水，她能喝一碗，干干硬硬的，吃一口她就说她的胸口疼。她说她吃的东西全都搁在胸口那儿了，像船旱在了岸上一样不流不动的。爷爷说你去城里医院看看呀，娃在城里方便哩，奶奶说，没啥看，又没病。奶奶总是说她胸口疼，让她去看病时她又总是要说她没病。

爷爷就去给她抓了中药熬。

熬着熬着酷冷的冬天就熬将过去了。

春天来了，奶奶家的窗台下堆了一筐中药渣，那中药渣中有地黄、白草、橘皮、山芋肉，还有龟甲、生地根、地丁和甘草。满院落是喷香香的中药味。我从门外跑回那几分大的院落里，只要看见那窗台下有着浅浅的白蒸气，就要去那药渣堆里寻那甘草片。甘草片儿原是金黄色，经了药锅变成深红了。虽然那药锅又给它添了深苦的味，可细嚼还是能嚼出一股甜味来。

我便总是去那药渣中寻找甘草。这当儿，爷爷就来了，他准会从口袋中摸出几片没有丢进药锅的甘草片儿塞进我嘴里。可是春天时，我在那药渣堆中刨着刨着，就刨出了一棵小树苗，嫩黄的叶，树脖儿像筷子一般粗，叶上有层茸茸的毛。

是棵香椿树。

我就不让爷爷再往那儿倒那蒸气腾腾的药渣了。

爷爷说，也不用再倒了。

我说不熬了？

爷爷说你奶奶说她死了也不再喝药了。

奶奶就不再喝药了。一春天她都在院落的日头地里晒暖儿，又瘦又黄的脸上没有一丝血气儿，可一吃饭她就说她的胸口疼。不吃饭她就一日接续一日地瘦下去，连头发也都瘦枯成了山坡上的干白草。有一天，她在那山墙下面晒暖儿，我在她对面盯着她的脸。我看见她蜡黄的脸色下面有一层青紫色，如青紫的底布上面又涂了一层黄亮的漆。黄亮又终是掩盖不住青紫的。青紫就从黄亮下面透着出来了。透出来就把奶奶显得又老又丑了。

我说，奶奶，你年轻时候漂亮吗？

奶奶说漂亮有啥用？再漂亮也不如没有病。

我说不漂亮那地主他会娶你吗？爷爷和李庄会一同儿喜欢你吗？

奶奶的脸就呼的一下成了青白色。猛然间就变成青白色。她看着我，睡了一冬的眼里有些白茫茫的光，扶在椅子上的手像捏住了一棵枣刺样哆嗦一下子，想要说啥儿，却啥儿也没说，把嘴唇往落了牙齿的牙床里边瘪了瘪，然后她就扶着墙根离了日头地，回屋躺着了。她说她浑身没有力气了，要回屋躺着了。她就回屋躺着了。

可是，奶奶并没有真的回屋躺下去。她躺了一会儿又从屋里走掉了，一直到日头落山，才颤颤着脚步从村外走回来。从田里回来的爷爷已经把饭做好了。爷爷给我做的是油烙馍，给奶奶烧了一碗有汤有水的稀面条。面条筋细，是拿面去村头换的最细的机器面，还在面条里用滚油浇了葱花和青菜，使那碗面条青青白白，有色有味，让人看了肚子就会噜噜呼呼地响。

可是奶奶没有吃。奶奶在天色落黑时分从外面回来就躺到床上睡去了。

爷爷吃了饭，洗了锅，喂了猪，关了鸡窝门，在门外坐着吸了一袋烟。月亮升将上来了，去镇街上卖菜、卖蒜、卖檩木和鸡蛋的村人都踩着月光回村了。他们一路走着，一路算计着赔赚，赚了的乐乐呵呵，赔了的唉声叹气。可无论赔赚，他们一到自家门前就把赔赚忘却了。肚饿了，到自家门前他们不走了，不往自家门院内里踏进去了。他们把买卖的家什丢在一边，蹲在自家门前的一块石头上，或坐在自家的一只鞋子上，等着自家的孩娃把饭敬送到他们手里边。

汤来了。馍来了。孩娃、女儿们炒的青菜、拌的瓜丝就摆在他脱了鞋的脚面前。接下来，一条胡同就是他们山呼海啸的吃饭声响了。

爷爷是听到这吃饭的声响突然从门口跑着回家的。爷爷从地上起身时地上旋起了一股风。爷爷回家就把摆在奶奶床边桌上的那碗面条摔在地上了。碗碎了。汤面条也没有汤水了，汤水都让面条吸干了。吸干了水的面条坨在一块儿，在地上如被摔裂开的一个凉粉团。

我不知道爷爷为啥听到了别人吃饭的声响就要回家去摔碗，不知奶奶为啥儿见了爷爷摔碗会吓成那样子。她从床上坐起来，脸上的青紫丁丁点点不见了，蜡黄也少了，留下最多的是苍白。她已经很老了，六十四岁像了七十四岁哩，像了八十四岁哩；脸瘦得没有一丝儿肉，一张脸就像一张随意挂着、扔着的生白布。团在床头上，用毯子盖着脚，她像做了天大的错事，犯了天条般的罪错样，浑身哆嗦着，拿眼偷偷地瞟着爷爷的脸，说我就去他的坟上坐了一会儿，坐了一会儿也没人看见呀。

爷爷不说话，盯着地上的碎碗。

奶奶看爷爷不说话，又说娃他爹，我真是就在那儿坐了一会儿，连一张纸都没烧，连个头都没磕，不信你去问问谁。

爷爷还是不说话，用脚朝地上的碗碴猛地一踢他就走掉了，出去了，像真出门去找人问问一样儿。

到了半夜里，半夜里总是人静夜深，除了蛐虫儿的叫声，其余连一点声息也没有。月亮走到山的那边了，暗淡下来时，星星却又稠密着。你要不睡觉，你要离开村落站到田头或老山野里，你就能听到月亮要落时，星星稠密时，它们一去一来的叽喳声。

这一天的夜半我就听到了。我听到月亮说我去了，星星说我来了。它们像在交接一样把我吵醒了。吵醒了，我就看见爷爷睡到我的脚那头，面朝里，呼吸声又粗又重，喷到床里的墙上还又拐回来，然后，那呼吸就消没在了半夜有些冷凉的空气里。爷爷没有真睡着，奶奶在床下跪着哩，也跪在床的那头里，好像有事要求爷爷，她就那么像一团棉花软软绵绵地跪在床前了。

先前，爷爷和奶奶是睡在一张床上的，可不知啥儿时候他们分开了。他们一个人占着一个屋，一张床，说人老了，分开睡总舒展哩。我来了，就睡在南屋爷爷的脚头上。有时也睡到北屋奶奶的脚头上。更多的时候是睡在南屋爷爷的脚头上。和爷爷睡的时候，他会给我讲村里的许多新鲜事，那事儿其实是陈芝麻烂糠哩，可我听来就新鲜得水水淋淋的。奶奶不给我讲，奶奶只有无端的叹气声，连睡着了，翻个身，她也会悠长悠长地叹口气。好像叹口气她就舒服了。

我一向没有听到过爷爷的叹气声。

然这一夜，星光、月光混合着从窗口流进来，爷爷住的南屋的清清明明里，奶奶跪在床下面，爷爷躺着背对着奶奶的脸，到蛐蛐的叫声，疲累得如风中飘动的一根细丝时爷爷叹了一口气。

爷爷的叹气不像奶奶的叹气那么柔细长长的。爷爷的叹气声又粗又哑，声音里分出许多权，像一根树枝突然从树上落将下来了，灰灰的，浑浑浊浊，刚让你听明白那是叹气，不是呼吸时，他的叹气就完了。

叹完气爷爷就翻身仰躺着，对着暗黑黑的房顶说，睡去吧，啥也不说啦。

奶奶抬起了头，问那事哩？

爷爷说答应你，睡去吧，鸡都快叫了。

奶奶就在床下木呆一会儿，像没有听明白爷爷说了啥，或是听明清了不敢相信样，愣怔一会儿，突然朝爷爷磕了一个头，又磕了一个头。磕了三个头，奶奶就扶着桌腿起来朝北屋走去了。奶奶的脚步声不再像先前一样虚虚飘飘的，而是有了许多力，每走一步都如不算太粗，也不算太长的木桩落在脚地上。

连蛐虫儿的叫声，都被奶奶突然有力了的脚步惊得哑然了。

来日，爷爷烧好了一早儿的饭，让我去北屋叫奶奶起床吃饭时，我连叫几声奶奶没有回应我。

奶奶就这样谢世了。

奶奶死前心满意足。她穿好了她自己给自己准备的寿衣，脸上有许多容光，仰躺着，双手顺在身子两侧，嘴角还微微地挂了一些笑。先前她脸上总是又黄又青的，可这一次，她脸上竟些些微微地挂了一层润润的笑。她死了就如沉在了一个很深的梦里走不出来样，那安详淡淡的笑便永久永久地挂在脸上了。

爷爷呢，好像料知奶奶要在这天下世离去样，他如往日地给奶奶盛好饭，端到奶奶的北屋里，也像我一样，声音由小到大的叫了几下，不见回应，用手从奶奶的脖子下边掀开被子角，看见奶奶是穿着黑绸花边的寿衣躺在被窝的，他端着饭碗的手在半空摇一下。然后，然后他就不摇了。如想起了一件啥儿事情样，把饭碗搁在桌角上，又把被子给奶奶原封原样地盖遮好，自己就倚着奶奶的水曲柳木的床腿点了一袋烟。

爷爷那袋烟装得满满胀胀的，烟叶都从黄铜烟锅溢往脚地了，可没有几口他就把它吸完了。

吸完了烟，便该张罗奶奶的后事了。已经是仲春，窗台下从那筐药渣中长出来的香椿树已经高过窗台了。几只麻雀落上去它也都能擎动了。有时落在窗台上的喜鹊、乌鸦会突然跳到它的一根枝杈上，它也竟是摇摆几下就又稳下了。香椿树已经有了指头那么粗，叶子油亮，树干也油亮，从它身上散发出一股浑浊淡淡的麻油味，也是油亮的。也许那是棉花油的味。要到吃它的时候才能品出一股芝麻油的味。去给奶奶操办后事的人一到院落里，都要望着那棵香椿咂咂嘴，说些啥；或者不说一句羡慕的话，就是涎水汪汪地咂咂嘴。

爷爷就是坐在那棵香椿树前吩咐奶奶的后事的。

主持操办奶奶后事的是一个村干部。村干部一般不会去谁家主持操办红白事，只有红白事间的酒席请了他，他才会去坐到酒席桌的正上方。他已经四十几岁了，很有威风了，可在我爷面前还是毕恭毕敬的，像求请爷爷样，说天下哪有这样的理，哪有母亲死了，不让孩娃和媳妇回来的；哪有不让孩娃、媳妇知道的；你可真是糊涂透顶了，糊涂成一盆糨糊了。

爷爷坐在那儿吸着烟，这一口没有吸透就又吸了那一口，上一口没从嘴里吐完，下一口便又吱吱吱地进了他嘴里。他的脸是一种铁青色，硬得如各家门口的石头板，不看村干部，只盯着他那吸红了的烟锅儿，颠来倒去就是那么软软硬硬的话。

村干部说，咋办？

爷爷说，就那样办了嘛。

村干部说，我说啥也得派人到城里说一声。

爷爷说，你说一声我就不活了，让孩娃和媳妇回来把他爹他娘一块葬了吧。

村干部说，你糊涂啦。

爷爷说，我心里清明哩。

村干部说，李庄算个啥，咋能把婶埋到李庄身边哩？

爷爷说，你要不办我去请别人。

村干部说，这算啥事嘛。

爷爷说，你办还是不办呀？

村干部说，办，办我得让你孩娃点个头。

爷爷说，谁要敢让孩娃回来拦了这桩儿事，我就吊死在谁家的门框上。

村干部就按着爷爷的吩咐，张罗着把奶奶安葬了。先在堂屋的中间摘下门板，搭了草铺。后在院落门外借来了帐布，搭了灵棚。那三棵胳膊粗的桐树，被酷冬冻死了。

冻死了还竖在原处地，这时候就做了灵棚一边的三根柱。灵棚搭建起来了，让奶奶在堂屋睡了一天，就往屋外的灵棚移动了。搬移奶奶的尸首时，我去剥玉蜀黍、听故事的那家人来帮忙，他去搬奶奶的肩膀时，把奶奶脸上盖的白色丝巾掀开看了看。

看了看他向搬尸的人们突然摆了一下手，冷丁儿说放下来，都快放下来。

抬着奶奶的人就又忙把奶奶放下了。

问咋儿了？

他又摆了一下手，让抬移的人安静下来后，把他的手放在奶奶的鼻前试了试。试了试，好像没有弄明弄清啥儿样，他把他的手指紧挨紧地贴在了奶奶的鼻子上。

所有的人便都屏住呼吸了。有人脸上立马惊出了生白色，望着他也望着奶奶的脸，在等待着一件意外的事情冷冷丁丁地生出来。

可是，最终还是啥儿事情就是啥儿事，一点意外也没有。他把手从奶奶的鼻前挪开了，嚷嚷唠唠说，你们看，人死了嘴角咋还挂着笑儿哩，人咋儿会笑着死了呢？

抬奶奶的人便都围到奶奶的脸前了，便都看见奶奶生了那么几个月的病，死前脸上竟是红润淡淡地挂着笑，像在梦里梦见啥儿喜兴样，两个嘴角下弯着，连脸上的皱纹都笑得直了些、浅了些，安详得如她人还活着睡在梦里边。

可奶奶终归是死了。

又让她在灵棚躺了两天，就在爷爷的主持下，把她和李庄葬到一块了。

葬完奶奶的第二天，父亲和母亲从城里赶将回来。父亲从城里回来，当着爷爷的面，把家里的锅摔了，碗摔了，把灶房的一把筷子拿出来摔在了院落里。有一根筷子从地上弹起来，落到了那棵香椿树杈上，像桥样搭在香椿树的枝叶间。父亲摔了锅碗又到上房屋里摔。他把坐的凳子从屁股下面抽出来甩到对面墙壁上。把条桌上的香炉举过头顶甩到门外边。把墙角的脸盆架子踢倒，还又在木架上狠狠踩几脚，把好端端一个红漆架子踩得满屋都是了白茬儿。

父亲踩着、摔着的当儿，爷爷就只坐在屋里抽着烟，不言不语没说一句话。当父亲踩得、摔得大汗淋漓了，坐在爷爷的对面了，爷爷磕掉了烟灰说了一句话。

爷爷问，不踩不摔了？

父亲望着爷爷不说话。

爷爷说，我对得起你娘了，我不欠你娘啥儿了。

父亲说，爹，我们今儿就走，住到城里去，住到城里一辈子不回来。

父亲就把爷爷接走了。

也把我接走了。

这都是十几年前的事情了。十几年前父亲在城里跟着县长当秘书，从四岁就把我送到乡下来。我在乡下住了三年，那里发生了许多事。三年后父亲把我接走了，也把爷爷接走了。走了时，父亲和母亲在奶奶的像前烧了纸，磕了头，可父亲、母亲没有往奶奶坟上去。奶奶是和李庄埋在一块的。遵着男左女右的老规矩，奶奶的棺材是并排放在李庄的棺材左边的，头挨着头，脚挨着脚。爷爷还在埋了奶奶那天的天落黑时去坟上栽了一棵小柳树。已经仲春了，不再是栽树的季节了，可爷爷说柳树好活，他就去栽了。

坟土的柳树长成檀木了，我已经读书读进中学了。我读进中学时，父亲已经从秘书当到镇长，又当了副县长。父亲当副县长那年爷爷死掉了。夏天时，从老家村里来了一个人，对爷爷说奶奶的坟让雨水冲了一个洞，爷爷说洞大吗？那人说和盆一样粗。爷爷说，没人去把那洞填一填？那人就笑了，说家家做生意，都忙哩，再说李庄光棍一辈子，无儿无女，家里连一个亲人都没有。

爷爷说大热的天，要热死人哩，便从凳上起身回屋冲了一个冷水澡。冲了一个冷水澡，爷爷晚上好好的，半夜就无疾而终了。爷爷死时已经越过八十五岁了。回老家安葬爷爷时，那棵香椿树比小碗还粗了。就在那棵香椿树下，村里、乡里的干部说，咋办哩？

父亲说，该咋办就咋办吧。

这样，就这样，在乡干部和村干部的操持下，奶奶又从李庄身边被扒将出来和爷爷一块安葬了。父亲又给奶奶换了一副新棺材，虽是一把灰骨头，可奶奶的棺材并不比爷爷的小多少。重要的，爷爷和奶奶的棺材都是全柏木，眼下，乡下里埋人，棺材的挡板能是柏木也就不错了，可爷爷、奶奶的棺材却是全柏木。

葬埋爷、奶那天村里去了很多人，很多车，路都堵住了。那隆重解放前和解放后都不曾有过哩。埋完爷、奶后，我到李庄的坟上去看了。坟倒还是那个坟，可坟上的柳树被人偷着砍去卖掉了。依着崖的那墓洞，奶奶被从那洞里抬走后，那洞门敞敞散散着。在外边能看见李庄的薄木棺材散了架，骨头搁得如腐了的柴火一样散落着，爷爷送给他的寿衣成了泛白的布片挂在棺材板的钉子上。

他就像几百年前谁家无根无主的尸骨孤零零地散在那个墓洞里。蚂蚁、地鼠成群结队地爬过土坯，穿过棺板，站到那些灰腐了的骨头上，东张西望着。我回去给父亲说了这景景况况的事，父亲在那香椿树下老长老长时间地沉默着。默过了，父亲吸了一根烟，对村里人说给他配个骨亲吧，看有没有死过的寡妇愿意和他配冥婚。花多少钱都由我来出。

村里人便四处去找原来没有男人、死后无处安葬的女人了。

后来的事情我就不再知道了。知道的也都与这无关了。连那院里的香椿树长成什么模样都没有印记了。只知道老家那里，我刚被从城里送将回去时，只有爷爷一家有个轧水井，现在是家家都有了轧水井。

有电了。

有电磨了。

通公共汽车了。

许多人家都装有电话了。

父亲呢，也已经是一个万人敬着的县委

书记了。别的真是不再知道了。

　　对，还有一件事，那老地主和他的大媳妇是在"文革"时候被人斗死的。别的事真是不再知道了。

柳乡长

乡长这人哟，屌儿哩，说好着去县上向新来的县委书记汇报乡里的工作呢，可是，可是到了半途却又冷猛地打道了，折身返回了，说为了全乡人民哟，我不能丢下工作去拜见一个县委书记去，要拜呢，也该去拜我那柏树乡的人民哩。

去拜哪个人民呢？

去拜了椿树村叫槐花的姑娘了。

槐花是干啥儿哩？

原是在九都市里做鸡儿那种营生呢。

冬时候，日头黄爽朗朗悬在头顶上，像燃了火的金子烧在山脉上，谁见了都想像烤火样伸出手去掰一块，哪怕掰一点儿也行哩。几个人坐在乡里牛车般的面包车子上，在耙耧山上蠕爬着，听着面包车老牛般的哞叫声，喘息声，望着车窗外的日头光，谁的脸上都是金灿灿的红，一触一摸就会有颜色从脸上掉下样。柳乡长的脸上呢，也是红光灿烂哟，望着车窗外，在日头光里像一路上都在咯咯哈哈地笑着样。新的县委书记到任了。让所辖各乡的书记和乡长去汇报工作去。每乡半个天，两至三个钟点儿，乡里的政治、经济、文化、治安、地理、社会结构和特殊风俗啥儿的，七七八八，无论巨细，你都得在这半个天里汇报完。条理得像春绿秋黄那样明显着，重点儿得像一马平川地间突兀的山峰那样突出着。不消说，这不单儿是汇报工作呢，是考各乡的主管干部呢。柏树乡里没书记，书记调走了，因着十人上百人，人人都想来柏树乡里当书记，千争万夺哩，反倒给县上难着了，就两年、三年没有书记了，柳乡长便乡长、书记一肩挑着了。自然哦，朝着县委书记汇报工作的事儿呢，便落在柳乡长独自的头上了。是机遇，也是挑战哟。是挑战，也是千年里等下了一回的机遇哟。就让乡里方方面面的智人们，把各样的材料备下了，有重点，有观点，有数字，有问题地集合在了几十页的稿纸上，又亲手抄写在了自己日常间记杂的笔记本儿上，还把该背的一应背下了，把有关的数字背得如牢记了的亲娘的生日样，这就带着乡里的一班人马往着县上进发了。

问："柳乡长，开那辆新车吧？"

说："疯了？开旧的。"

旧的燕山牌面包车便在耙耧山脉间老牛破车样跑了起来了，迎着朝阳哟，云霞哟，远山近岭哟，踏踩着土道啊，沙道啊，泥道啊，石道啊，可到县城边上的沥青道上时，柳乡长脸上的红润没有了，瞬儿间，一老满脸都是僵板的青色了。他默沉沉地想一会儿，冷猛地令着司机停下来，把车开回去，说不见县委书记了，要到椿树村召开一个紧急紧儿的全乡农村干部现场会，要让全乡的村干部都去槐花家里参观哩，说他要当着全乡各个村干部的脸面儿——啥儿村长呀、支书呀、民兵营长呀、妇女主任呀、经委主任呀，一老全儿所有的村干部的脸面儿，给槐花姑娘竖上一块碑，要号召全乡人民，积极地行动起来，开展一场向槐花学习的运动哩。

乡长说："我不去拜见我的人民，我去拜见县委书记干啥呀。"

说着哩，就把他要汇报的材料和抄在记杂本上的条条和款款，都撕下来从车窗扔掉了，让它们随风去舞了，像一群冬日里要落在地上的白鸽儿。车上的人，啥儿乡里的副书记、副乡长，是党委委员的宣传委员哦，不是党委委员的民政委员哦，还有专管扶贫的扶贫委员哦，专管计划生育的妇女委员哦，都惊惊地望着柳乡长的脸，像看见盛夏日头地里红光亮亮却又大雪飞舞样。

乡长说："回去呀，愣啥儿。"

就都问："县委书记那边呢？"

说："让他等着吧，看他敢不敢把我这乡长给撤掉。"

车子就掉头回来了，像走错了道儿样，拉着柳乡长和他的下属们，风旋风旋地往几十里外偏极偏极的椿树村里赶去了。

椿树村在柏树乡是偏了一些儿，柏树乡的那个政府哟，是坐落在市里通往县上的公路旁，可椿树村儿呢，却坐落在乡里通往耙耧深处一绳土道的尽头上。那时候，几年前，柳乡长从外乡的副乡长调任柏树乡里当乡长，先坐车，后骑车，末了哩，把自行车锁死挂在路边的一棵柿树上，又徒步走了十余里，才到了这有几十户人家，家家都草房泥屋的椿树村。白日里，看着下沟几里去挑食水的村人们，夜儿里望着家家都一摇一晃的煤油灯，最后在村里住了整三天，一咬牙，一跺脚，说："他娘的，不吃断肠草，就治不了这绝症。"说着就让乡里派了一辆大卡车，等在山下路边上，又在椿树村里开了一个会，说市里来乡里招工哩，指标全都给了椿树村，凡村里十八岁以上、四十岁以下，能走动、爬动的男人和女人，想到市里住那楼房去，想一月去挣一千、两千块的工资去，都可以扣着被子、行李到那山下去坐车。

一村的青年男女便哗的一下都去了。

人走了，村落像过了忙季的麦场一样空下来。可那人挤人的一车椿树村的青年男女们，被乡长亲自送到几百里外九都市里火车站旁的一个角落里，将卡车停在一个僻静处，乡长下了车，给每个椿树村人发了一张盖有乡里公章的空白介绍信，说你们想咋儿填就咋儿去填吧，想在这市里干啥你们就去找啥儿工作吧，男的去给盖楼的搬砖提灰，女的去饭店端盘子洗碗；年龄大的可以在这城里捡垃圾，卖纸箱，扫大街，清厕所，年纪小的可以去哪儿当保安、当保姆，去当宾馆服务员，总而言之哦，哪怕女的做了鸡，男的当了鸭，哪怕用自家舌头去帮着人家城里的人擦屁股，也不准回到村里去。说发现谁在市里呆不够半年就回村里的，乡里罚他家三千元，呆不够三个月回到村里的，罚款四千元，呆不够一月回到村里的，罚款五千元。若谁敢一转眼就买票回到村里去，那就不光是罚款了，是要和计划生育超生一样对待的。

说完这些话，柳乡长就坐着卡车离开市里回去了，留下那些椿树村的人，像做爹的扔了媳妇野生的孩娃样，像把一群羔羊扔在荒茫茫的干草野坡样，不管了他们一汪汪惊怔的目光哩，不管他们惊怔以后追着汽车忙忙慌慌的责问哩，扯着嗓子的唤呜哩，柳乡长就头也不扭地回到了他的三百多里外的柏树乡，竟也落实着，果真在三朝两日之后，派人到椿树村里挨户敲门地做了访查哟，把从市里逃回来的几个青年揪出来，罚了款，又押着送回到了那市里的人海里。

然后呢，然后那椿树村的人就不再从市里逃回村里了。不知他们是都在九都市里做了啥儿的，横竖是如了水珠儿落在海里样，便融在那人海里边了。偶然着有些事情呢，也不过是因为椿树村里的青年在市里集体做了贼，被人家抓到了，收容所里装不下，就被那市里的警察用警车押着送回到了柏树乡，柳乡长得出面请那警察吃顿饭，敬杯酒，走时再给警察送些土特产。

警察说："他妈的，你们这个乡是专门出贼呀。"

柳乡长就在每个贼的脸上掴了一耳光。

警察说："再抓住他们就该判刑啦。"

柳乡长就把土特产装在有铁栏杆窗户的警车上边了。

车走了，只剩下柳乡长和那椿树村的几个贼，柳乡长就横着眼睛问他们：

"偷了啥？"

"街上的井盖和钢管。"

"还有啥？"

"城里人家的电视机。"

柳乡长就一脚踹到那个年龄大的贼头儿的肚子上，说他妈的，井盖、钢管能值几个钱；电视机一天降个价，便宜得和萝卜白菜样，这也值得你们去偷吗？说都滚吧，都给我滚回到市里、省会，广州、上海、北京那些地方去。做了贼我不罚你们，可两年内你们几个必须在村里办出几个小工厂，要办不出几个厂，再被押回来我就让你们在全乡戴着高帽子游街去。那些贼，那些椿树村的年轻人，挨了乡长的骂，挨了乡长的打，又从乡长手里接过乡里的空白介绍信，到家门口没有回家省一下亲，就又坐着长途汽车回到九都市里了，从市里转乘火车到省会或别的大的都市的心肺里边了。

还遇上一些事，警察是不往柏树乡里押人的。市里的警察电话通知柳乡长去市里领人去。你不亲自去，市里不光不放人，还把有些景况活脱脱地请客上菜样摆在县委常委的桌子上。那当儿事情一冷猛的被动了，柳乡长就不得不亲自出面到九都市的哪家公安局，一入门，就看见椿树村的和柏树乡里另外几个姑娘一排儿蹲在一堵院墙下，每一个都精赤条条，裸了身子，只戴着个乳奶的罩儿和穿了个绿绿蓝蓝的三角子的裤头儿，在日光下像展着她们水嫩的身子样。

柳乡长把目光在她们身上搁一会儿，就有一个警察走来了，在他面前恶恶地吐了一口痰。

问："你是柏树乡的乡长吧？"

说："对不起，给你们添了麻烦了。"

骂："操，你们乡是专出婊子是不是？"

说："我回去让她们每个人都挂着破鞋游大街，看她们还咋有脸在这世上做人吧，看她们日后嫁人还能嫁给谁。"

也就把人领走了。让她们穿好衣裳，跟在身后，从那局里走出来，像老师领着孩娃儿学生从学校出来样，穿过一条大街，又穿过一条大街，柳乡长一回头，她们一个个都还列着队跟在他身后，柳乡长便也眼盯着她们看，说你们还跟着我干啥呀，跟着我有饭吃还是有钱花？

姑娘们就都怔怔地望着柳乡长，又彼此看了看，便重又回散到了那市里，红红绿绿，像一片柏树乡里春时的花蕾样，去那市里的角角落落开放了。只是在她们和柳乡长告别时，柳乡长才像她们的父亲那样责怪了她们几句话。

说："有能耐你们自个儿当老板，让外乡、外县的姑娘跟着你们当鸡儿；有能耐你们去把那在我面前吐痰的警察整一整，让他家妻离子散，家破人亡，你们去做那警察的老婆去，让他一辈子没有好日子过。"

说："都走吧，都给我滚去吧。一年、两年，你们谁要不能把自家的草房变成大瓦房，不能把土瓦房变成小楼房，那你们才真是婊子哩，才真是野鸡哩，才真的给椿树村和柏树乡的父老丢了脸，才真的没脸回家见你们的父母、爷奶哩。"

姑娘们远远听着她们乡长的话，看着乡长那张质朴得和土一样的脸，见乡长不说了，转身走掉了，才又慢慢地走着她们城里的路，绽开着她们青嫩嫩的花，去结她们的果实了。

眼下，椿树村已经果实累累了。村里不光有了电，有了路，有了自来水，还有面粉厂、铁丝厂、铁钉厂、机砖厂和正在建着的流水作业的石灰窑。各家也都有了瓦房、小楼或者带着客厅的大屋房。夏天时，家户里的电扇就和蒲扇样不歇叶儿地转，还有人家把空调都挂在窗前了；冬日里，烤火烧的煤钱比往年吃的油钱还要多，有人家把电取暖的机器都摆在床前了。日子是轰的一下变了的。原来在九都给人家垒鸡窝、砌灶房的小工儿，转眼间他就成了包工头儿了，名片上也印着经理的字样了。原来在理发馆里给人家做着下手的，入了夜里要去侍奉男人的姑娘呢，一转身，她就是理发馆里妖艳艳的老板了。侍奉男人的情事就轮到别的姑娘了，事情就是这样轻易哩，把椿树村的人赶鸭样都赶到城里去，三年后村里就有些城里模样了。从村街上望过去，街岸上的瓦房、楼房齐齐崭崭着，各家都是高门楼，石礅儿狮，门前有着三层五层的石台阶。街面上流动的新砖新瓦的硫磺味，金灿灿如夏时候的小麦香。每日里都有家户在盖房，叮当当的响声一年四季没有息下过，在村落和旷野就像敲着吉祥的锣鼓样。

咋就能不在椿树村开下一个现场会儿呢？

咋就能不在槐花家里开上一个现场会儿呢？

槐花家里原是那么的寒穷哟，两间泥草屋，一堵倒坏院落墙，父亲瘫在病床上，母亲四季儿都忙在田地里和灶房里，几个妹妹一早就落学闲在家里边。人家说，几年前她家过年吃饺子都还是用黑面包的哩，姊妹们争那月经的纸能在脸上打出了血，可三年前，槐花被乡里的汽车扔在了城市里，半年后她就把她的大妹接到城里了，一年后又把她的二妹接到城里了，两年后她姊妹三个就在城里开了一个叫逍遥游的美容美发店，三年后就在那里包下一个娱乐城。不知道那个叫城的娱乐的去处有多大，可人家说光那里的小姐、保安都有几十个。钱儿呢，每日每夜就像关不住的水龙头样哗里哗啦往那城里流。柳乡长一直是说要去那城里参观看看的，可不知因着啥儿哩，说去却终是没有去。没有走进那九都的娱乐城里去，可他已经好多次地去了槐花家里了，看槐花家在村里最漂亮的小洋楼，用手无数次地抚过那楼房的镶砖墙，还建议槐花家不要把院墙垒得高大又笨重，和监狱的狱墙一模样，要砌成半人高的透空格儿墙，墙上要镶砌只有城市的小区才有的铁艺花，门前也不要摆放石狮子，要放两块因丑才美的怪石头，要给村里的建筑做出一个榜样儿。乡长的这些建议呢，槐花的父亲挂着双拐全都采去了，果真把家里收拾得和城市里的有钱人家一模样，在村里成了各家盖房、垒墙的样品儿，谁家破土儿动工盖房子，都要让匠人们先到槐花家里立站一会儿，说连槐花忙里偷闲回到家里看一看，都为家里房舍透出的洋气惊得半晌没有说出话。

咋就不能在槐花家里开上一个全乡村干

部的现场会，再在村头给槐花竖上一块楷模碑儿呢。

就开了。

从去给县委书记汇报的路上折回来，柳乡长就直接到了椿树村，动员各户的村人们，擦了屋，扫了院，收拾了正街和胡同，把牛拴在了牛棚下，把羊放在了山坡上，把猪关在了猪圈里，把鸡也关在了鸡圈里，让村街净得如村人一早洗过的脸，三天后各村的村干部就都云着堆在了椿树村的村头上。日光像文火一样暖在山梁上，椿树村就显摆摆地展在那明晃晃的日光下，像一个巨大的、假样的村落的模型儿摆在山腰间。说是假儿哩，可又的确确着是真的，各家的房子是可以看到的，门楼和墙是可以摸着的，街上的老人和孩娃，是可以随意儿问东说西的。全乡的村干部，老的与少的，男的跟女的，少说上百个人，从前半晌时开始尾在柳乡长的身后边，一笼统地站成三排儿，松散散地拉长到了十几绳子长，先去参观了村外的厂呀和窑的，问了这，问了那，每个人都在一个小本上或自己的手心上，写满了字，记满了数，末了就跟在乡长的身后返回村落了。边走着，边问着，随着每个村干部的意趣儿，想到哪家看了你到哪家看，想问哪家谁了你问哪家谁。

说："喂，你们看这家的门楼多高呀。"

就有一群人立在了那门楼下，都把脖子拉得细长了，筋像红绳样绷在他的脖子了。

问："这门楼多高呀？"

说："一丈八。"

感叹着："天呀，花了多少钱？"

说："没多少，拢共五千多块钱。"

问的人哎哟一声怔一会儿，就慌忙往前边赶去了，那被问的主人就在后面一脸灿然的红光了。前面呢，因为都在围着一家新起的楼房看，说这楼房外镶的是在哪儿买的瓷砖呀，像给楼房穿了一层红绸衣，在日光里亮闪闪如同着了火，大冬天一看这楼房就浑身暖和了。那房家的主人便立在门前默笑着，说哪儿买的？在省城。是我孩娃去省城买的洋瓷砖，说那瓷砖是坐轮船、搭火车从外国弄进省城的，我孩娃为买这砖跑了三趟儿省城的。看的人也就释然了，就怪不得这砖亮得和绸子一样哩，暖得和火一样哩。就又问：你孩娃在九都那儿干啥呢？说：跑运输。问：开车呀？说：自家买了几辆车，让别人去开呀。

就都惊着了：

"是当老板呀。那他原来干啥哩？"

人家说：

"干啥呀，原来是在九都蹬那三轮车子帮人送货哩。"

送货竟送出个车队来，蹬三轮车竟蹬成一个老板儿。人家没说自家孩娃原是在九都城里做过贼，偷车子几次被送回过柏树乡，人家说孩娃吃苦呢，原是城里的三轮车夫哩。虽然这车夫和老板儿那天壤的别处让人有着疑，可毕竟红亮亮穿了绸衣的楼房却是货真真地摆在面前了，容不得你有半点怀疑那楼房是假的，是柴草搭的架，是红烧糊的面。景况就是这样儿，三年间椿树村已经不是原来的村落了，其中的奥妙儿深刻呢，也又浅又显呢；复杂哩，也简简单单哩。仔细问，你几天几夜问不出个圆全来，简单去说也就那么几句话。可你是来椿树村里掏取真经哟，哪能简简单单几句就了哦，于是，又要问啥儿，柳乡长却在最前急乎乎招着大家了，说快一点，快一点，到了槐花家里了，到了槐花家里了。

槐花家就闪亮亮地出现在人们跟前了。

就像一座新式儿的庙院出现在了村落正中央，一亩地，坐西向东竖着一栋三层的楼，楼房的砖都是半青半灰的仿古色，窗子都是如木雕一样的钢花儿，钢花中还不时地镶着一些红铜和黄铜，像花叶里边的花蕊样。院墙呢，因为有铁艺，就成了城里公园的围墙了，墙下又都种了花，种了草，虽然是冬季，可那本就长不高的地龙柏和卧塔松，还有本就四季碧翠的冬青树，越冬草，就在那黄苍苍的冬日里缀下了许多蓝绿色。院落里，院落的地，上好人家才用水泥和烧砖铺了的，可槐花家的院落地却用了深红的方瓷砖，那瓷砖光亮把脚，说不光是从外国用船运回的，说途道上那砖还转乘过飞机呢。全乡的村干部们涌进槐花家里就都呆住了，在黑压压的一片人头下，满是了一张张愕愕着的脸，愕了半晌儿，竟都没有一人能够说出话儿来，只有一声又一声的"哎哟"、"哎呀"、"天呀"的被嗓子压住的惊叹儿，像这季节的落下的枯叶样飘儿飘儿从半空旋下来。有人弯腰去那地上爱惜惜地摸着砖，一脸正经地说："老天呀，比我家媳妇的脸摸着还光哩。"有人去摸着楼门和楼窗，说："天老爷，这门窗和金銮殿的门窗样，一套得花多少钱？"有人早就进了那楼里，在一楼看了看，上二楼、三楼转了转，出来一屁股坐在楼前的台阶上，感叹说："他娘的，你们快上去看看吧，人家一个姑娘能让日子过到天堂上，咱一个大老爷儿们却让日子在地狱里边打转转。"

　　就有人盯着他一张感叹的脸，问："楼上漂亮吗？"

　　说："上去看看你就知道了。"

　　说："你看了就先说说嘛。"

　　说："去看吧，去看了你就知道了。"

　　就又有一拨儿村干部涌到楼上去看了，看一会儿出来都是那么一句话："比比人家，我们还不如撞墙死了呢。还不如撞墙死了呢。"再有一大拨儿涌到楼上去，看了出来不说去撞墙死了的话，却连连跺着脚，说："他妈的，他妈的……"他妈的后边却是没有话儿了。还有一大拨儿涌上去，出来不跺脚儿不说话，径直挤过人群子，穿过青砖和铁艺的大院落，到村街上蹲在地上抽着纸烟，勾着头，像有一样东西压在他的头顶上，把他的脸色压得憋成铁青了。有人看他的脸色成了重青色，便追在他的屁股后面问，你们几个都是老村长，看了就说说感受嘛，说说感受嘛，说说感受怕啥呀。

被逼得急了呢，就有一个老村长从嗓眼里挤出了一句话："没啥说，我六十二岁了，让我认槐花做干娘我都愿意哩；让我们全村男的都做她干儿子，女的都做她干闺女，我这村长都保准答应哩。"

也就参观完了呢，都在围着槐花的父亲问这又问那。槐花父亲原是瘫在床上的，可因为有三个闺女在城里闯下天下了，天价的药也能吃起了，他竟能从床上走将下来了，竟能丢下拐杖从院里让人搀着走来走去了，竟能一脸红光地和人说这说那了。

问："槐花的娱乐城在市里到底有多大？"

说："柳乡长没去看过哩，我哪敢就先去看了呢。"

问："你是槐花的爹，想去了槐花开个小车回来就把你接走了。"

说："要接也该先接柳乡长，柳乡长是俺一家的再生父母哩，是椿树村一村人的再生父母哩。"

还有人问了许多话，不过都是槐花的娱乐城在九都的哪儿呀，管人洗澡、管人吃饭还管人干啥呀，是不是真的娱乐城里还管给人捶背和给人修剪脚趾甲？说抽根烟工夫就把人的指甲剪掉了，是不是这一剪就真的要人家二十、三十块钱呀？说槐花今天要从九都回来该多好，回来让全乡的干部见一见，取取经，可为啥柳乡长来槐花家里开了现场会，咋就不让槐花从九都那儿赶脚儿回来呢？

还要说，还要问，可是柳乡长在大门口那儿扯着嗓子唤叫了，说："喂——要问的都来问我柳乡长，都到村头竖碑那儿去开现场总结会，到那儿你们想知道啥儿就直着腔子问我啥儿吧。"

便依恋恋地离开了槐花家，往村头给槐花竖碑的路口出击了。

村头有一块大场地，平坦着，正在马路入村的口道上。在那儿，前面是开阔阔的庄稼地，绿浅浅的麦苗子像从天上掉下的一层颜色样浮在田地里，马路从田地中间劈过去，如了一条弯弯的麻绳挂在颜色上。就在这条绳头上，村口上，柳乡长决定要给槐花竖下一块碑。碑是青石碑，五寸厚，三尺宽，六尺二寸高，上面刻了海碗大的七个字。碑的基座儿已经放入地坑里边了，正有人在座边埋着土，夯实着，只待柳乡长唤一声"立碑——"就把那碑竖直在基座的槽里去。可是柳乡长没有唤，柳乡长一直都在讲着话：

"我们为啥儿不向槐花学习呢？"柳乡长说，"她不光把自己的妹妹从椿树村里带了出去了，还把同村、邻村的好多小伙、姑娘带了出去了。一帮一，一对儿富；十帮十，一片儿富——这就是我们要走的共同富裕的社会主义道路呢，就是我们日常间说的集体主义、共产主义精神哩。像槐花这样的人，你们说不给她立碑给谁立碑呢？"

那碑座坑的四周不光填了土，还又用

水泥浇了一圈儿。空气中有一股清清新新的泥灰味，像有着泥沙的河水从人们面前流过去。日头已经悬在顶上了，浑金浑银的白色在村头暖暖洋洋地飘散着，使人感到少有的温和与舒坦。上百个村干部，都立在那日光里，或席地坐在自己的一只棉鞋上，再或铺了干草的石头上，端端地盯着柳乡长的脸，看着柳乡长一张一合的嘴，就像看着一个角儿在唱一出大板儿的戏。还有那村里来看热闹的百姓们，他们立在人群的最后边，老老少少的，为了看清柳乡长的脸，谁也不坐哩，都拉长着脖子踮着脚，生怕漏了柳乡长的一句话，一个手舞的姿势儿。

"你们说，你们村有谁像槐花姑娘那样能干哩？你们知道不知道？槐花刚到九都才是一个理发店服务员，专门把腰弓在地上扫头发，给洗头的男人、女人倒热水。有一次，她把有些热的水浇在了一个女人头上去，那女人一口痰就吐在了槐花脸上了；还有一次扫头发，扫到一个男人鞋里了，那男人硬是让她趴在地上用舌头把他的皮鞋舔了舔……我日他奶奶这男人。你们都是村干部，都是农村有头脸的人，你们说这槐花她在城里受的委屈大不大？"

柳乡长嘶着嗓子问着话，站在一个高处的石头上，望着下面一片的干部们，就像一个先生，望着那刚入了校门、第一天坐进教室的孩娃们。干部们望着柳乡长的脸，也像孩娃们望着先生的脸，痴怔怔地听着先生讲那天外的故事哩。

"咋能不给槐花立碑呢？"柳乡长说，"她不光让自己盖了楼，她从村里带出去的十几个姑娘也都家家盖了瓦房和楼房哩。"说："不光让这十几姑娘家家盖了瓦房和楼房，这村里通电、通水的钱从哪儿来的呢？给你们说——都是槐花出的哩；都是槐花动员那十几个姑娘集资出的呢。"

"还有一件事，"柳乡长停顿了一下，瞭瞭下面的干部们、百姓们，把嗓子扯得更开些，像宣布啥儿一样唤着说，"我为啥不让槐花回来呢？为啥给槐花立碑，在槐花家里召开现场会，不让槐花回来给大伙介绍经验哩？她忙呀——她现在是九都最大、最红的娱乐城的总经理。她回来一天你们知道那娱乐城得少收入多少钱？上万呀。上万块钱，那是一个村落一季的粮钱呀，你们说我们能误起槐花姑娘的工夫吗？何况槐花说她想在明年开春把从乡里到村里的泥沙路上铺上柏油哩。把土路修成国家级的公路哩，你们知道修这路得花多少钱？"

柳乡长说：

"得几百万块、上千万块呀!"

柳乡长说：

"我作为柏树乡的一乡之长，没别的报答槐花姑娘哩，我只能给槐花姑娘竖这么一块碑，只能号召全乡各村的百姓都向槐花姑娘学习哩。"柳乡长说："三天前，新来的县委书记让我去向他汇报工作呢，思前又想后，我觉得开现场会比去汇报工作重要哩，给槐花姑娘立碑比去见新来的县委书记重要哩。我不怕得罪他县委书记呢，我想县委书记要是人民的好书记，他也不会被我得罪哩，因为他和我心里都是装着自己的人民呢。都装着自己的人民，我忙着给人民办事咋就会得罪了县委书记哩？"……

给槐花竖的碑便立了起来了，像村里的一面英雄墙样竖在了村头上。

因为说好是要在三天前去给新任的县委书记汇报工作哩，可县委书记等了整三天，竟没有等上柳乡长。县里三番五次把电话打到乡里去，乡里都说柳乡长下乡去了，忙，他请新书记多多原谅呢。然后呢？然后新的县委书记把正在喝的一杯茶水泼在了办公室里的水磨石的地面上，怒怒地驱车到了柏树乡，在乡里没有找到柳乡长，便又驱车往椿树村里赶来了。听说县委书记赶来了，柳乡长从容容地把槐花的碑给竖起来，让各村的干部没有吃午饭，就各回各村了，让各村回去向椿树村子学习了，向槐花学习了，交代说，能干的发给他们十张二十张村委会的空白介绍信，不能干的给他们发三张五张也就行了呢，说必要时，乡里党委的介绍信空白着也可以发给那些有能耐的男女哩。

　　现场会就哗的一下结束了，村干部们就都踢里趿拉离开了椿树村，像散了席样，各自回去了。望着散了的村干部，把随行的乡干部和村里的百姓们从村头打发开，柳乡长在槐花的碑前坐一会儿，吸了一根烟，晒着日头养了一会儿神，觉得那些散了的干部们刚好可以在下一个路口碰上新来的县委书记时，他掐着指头算了算，算了书记会问村干部们一些啥，村干部们会回答一些啥，大约着需要多久一段工夫儿，然后睁开眼，望望西去了的白色，望望空旷的田野，望望身后静了下来的椿树村，最后把目光落在了为槐花竖的碑上去，看着那刻上去的海碗大的七个字：

　　学习槐花好榜样

　　盯着那字看了好一会儿，柳乡长忽然朝那碑前吐了一口痰，就像三年前他去九都市里领那些脱了衣裳的姑娘时，那警察在他面前吐了一口恶痰一模样。吐完了，盯着那白钱儿似的痰液看一会儿，他又朝那碑的青石座上踢一脚，在清洁洁的石座上留下一个大脚印，才转身背对着石碑和椿树村朝外走去了。且越走越快哩，当到一个拐弯的地处儿，听到有隐隐的汽车的响动时，他便撒腿跑了起来了。因着是冬日，穿得厚，日又暖，几步下来他就一满脸的大汗了，气喘吁吁了，为了不使那汗落下来，为了能满脸大汗地迎着新书记，为了能让新任县委书记和他一块返回到椿树村里看一看，使椿树村成为新任县委书记下乡检查的第一个村，柳乡长跑着跑着就在一块平地上兜着圈子了，不停脚也不往前去了。在这块平坦的地处儿，是一扭头就能看见椿树村的楼瓦雪片的，能看见村头槐花的碑，像一块英雄的纪念碑样在日光下闪着青蓝蓝的光。看见了碑，柳乡长就有说道了，就容不得新的书记不往那儿去了。柳乡长就那么兜着圈子跑着步，等着山坡下的小车气哼哼地开上来。

　　那车声就哼轰轰地响了上来了。柳乡长
瞄见那辆漆黑锃亮的轿车从一个拐弯处闪了
出来时，他便忙慌慌地跑步迎上去，像一路
跑来迎着书记那样迎着轿车跑，可待那轿车
到了眼前，他朝轿车连连招手时，那轿车却
响了两声喇叭，躲着他从他身边开走了。

　　柳乡长愕愕地站在路边上，想新的县委
书记不认识他柳乡长，书记的秘书总该将他
认出的，可那车却躲着他像躲着一个要搭车
的路人一样开走了，朝椿树村里开去了。落
日一片铺在山脉上，田野里泛着一层血红的
光，柳乡长望着那车后白灿灿的烟，脸上僵
一层苍黄色，正不知所措时，那车却又在前
边停了下来了。有一个细苗的姑娘从那车上
走下来，冬日里，穿了裙，蹬了高跟儿的亮
皮靴，朝着柳乡长这边不急不缓地走过来，
一摆又一摆的裙，掀得日光一闪一闪着，待
一步一步近了时，她的衣着，她的水嫩，她
的漂亮，便像白色的水莲那样漂在柳乡长的

面前和泥黄的日光里边了，在柳乡长面前她静静地立下来，脸上羞着红，轻声说："柳乡长，你不认识我？我是槐花呀。三年前你在九都那儿的一家公安里边领过我，要没有你柳乡长，就没有我的今天哩。"

说："柳乡长，人要知恩图报哩。满天下的男人就你对我好。我不知该咋样对你说道哩，怕你骂我哩，怕你把痰吐在我的脸上哩。我没想到我家盖房你会和自家盖房那样儿关心哩，没想到你会在村头给我竖上一块碑。想来想去我不能不回家里看一看，想对你说一句，你要钱了我挣的钱都是你的哩，要人了那娱乐城里的小姐你看上了谁，我就让谁去陪你。"

说："柳乡长，你要看上了我槐花，让我槐花陪你也行哩。"

说完了，槐花脸上的羞红淡去了，恢复了她的白嫩白润了，就那么静静地看着柳乡长，像看一个自家不太熟的哥。柳乡长呢，也那么静静地望着这槐花，像望着一位自家不太熟的妹，望着望着呢，槐花在柳乡长眼前便有些模糊了，漂亮得成了真的莲花，真的牡丹了。

把一条胳膊忘记了

银子去街上给金棒买了两瓶啤酒，回来景况就天塌地陷了，和啤酒瓶在手里寂然爆炸样。小卖部在工地外河边的路口上，三间简易的白棚房，里边有香烟、啤酒、糖果、糕点和几样足味的下酒菜。还有店主人一家的床铺和锅碗。店前澈清的河渠里，缓水敞亮着，朝北京推流着。把银子从河南老家领到这儿打工的金棒说，这河水是北京人的饮用水，中南海里的人家也要吃这水。

提着两瓶啤酒站在河边上，望着下游的北京城，林立的高楼玻璃在太阳下面闪着芒刺的光，像那远处的地野上，到处都举着燃着一团灼眼的火。事情是在他朝着火似的北京望着的时候发生的。那时节，三月的春暖在河边的柳头有细微微的响。朝阳面的柳枝浅挂着一层少年绿。有从北京城里开车出来的男人和女人，把车息在路边上，坐在河岸手拉着手。还有十七八岁的女学生，在车边坐在四五十岁的男人膝盖上，像女儿娇气在亲着她父亲的脸。春天了，人都谈情做爱了。北京城也从一冬的酷寒中醒转出来，散发暖光春骚了。

　　银子是站在那儿看着北京的楼光，也瞭着身边一对父女似的男女抚热时候觉出事情发生的。脚下的土地像在一声闷响中晃了晃，把头猛地朝一边旋过去，看见河里静缓的水面斜了一下子，像半盆面平如镜的水，被提着盆边摇了摇。接下去，河边亲着的男女都朝哪儿怔一下，歇了亲热，确认了没啥大事情，该亲的就又亲起来；该摸的，手在哪儿停下来，还从哪儿续下去。

世界又和以前一样了。

京郊这儿也和先前一样了。

银子这时还听到了身边一对男女的亲嘴声，像一只小手在水里攥了一下漂着的皮球样，湿漉漉的响。尽管这响声在银子的心里痒着走动着，有层舒坦的麻感自他身上转眼流遍蹿遍了，可他还是在这时墙缝挤风样，觉出有事情发生了。把头很快从河水那边扭过来，目光穿过从河边到工地的几百米，看见有一股灰黄色的烟尘气，从正盖着的工地楼房那儿腾起来，在半空迟滞迟滞凝一会，有声无声地飘散了。银子这时是胸里震了一下的，可他很快就又约略镇静了，和河边那些男女很快就又亲热抚摸了样。不慌不忙着，开始提着啤酒朝工地那边走，以为是码在工地的机砖塌倒了，把尘土砸了起来了，没有啥儿了不得。

尘土不怕砸，砸就砸了吧。心念着，穿越那到工地几百米的麦田时，有只野兔拦着他的去路了。小麦已经从春醒中绿旺起来着，已经从死沉沉的冬灰中醒转过来了，呈着白白明明的嫩绿了，好像阳光钻进了麦叶里。人站在田边能看见光和水在麦叶里汩潺潺地流。那只身上还驮着草叶的灰野兔，不知是被从地上传来的闷响惊着了，还是为看见银子惊着了，它从麦田里蹚着碧绿跑出来，蹲在变成了小路的田埂上，盯着走来的银子一动不动着，目光中有种捉摸不定、不知是忧是喜的光。

银子在它面前立下了。

野兔把前腿和头抬得更高些，两只含灰带彩玻璃球似的眼，隐在它还没有脱毛换衣的杂色间，如镶在土墙上的两粒杂彩水晶石。豁在日光下闪着润红的唇，张合动动，似要和银子说话儿。

银子又朝兔子靠一步。

野兔把蹲着的后腿弓了起来了。

银子把手里的啤酒轻轻放在了埂地边。

野兔警觉地朝麦田望了望。

待银子小心地朝野兔靠去时，野兔像箭

一样朝麦田射去了。银子也才十七岁，刚有身份证，刚有和野兔一样浑身胀着的气力和好奇。他就在那田里追野兔。也是跑得快，有两次都差一点扑上去把它捕下来，可这小畜生，到底还是精灵物，一拐弯就又逃掉了。想起来，如果不碰到那只野兔就好了。碰到不去追它也好了。可却碰到了，去追了，让银子把时机错了过去了。待他吁吁气喘着从麦田走回去，工地上的事情已经没有了惊叫声。待擦着满脸春汗重新把埂地的啤酒提到手里时，工地上汽车喇叭的急叫都已过去了。待他再想起工地上的码砖可能塌倒的事情时，那做了救护车的卡车都已经朝工地南门那边开过去。

一切都错将过去了。

银子啥儿都没看到。他是怀揣着没捉到兔子的遗憾回到工地的。从工地西边的铁丝网孔钻过去，走了几步银子就惊得立下来。倒下的不是盖楼工地的码砖垛，而是已经砌垒起来有两层楼高的一面墙和脚手架。而且工地那儿已经没人了，只有一片片的血。空气中有很暖很鲜一股血腥味。一辆拉着伤人的卡车正朝南门开过去。人群追着卡车跑。有人站在那卡车厢后边，要追着卡车爬到车上去，被车上的人把他推下来，他就在车下追着骂着交代着。

　　说话声大过汽车声，可总终还是汽车声大过了说话声。

　　看到这一景幕时，脑子轰一下，有一团尘雾升腾在了银子的脑里。在铁丝网这边僵一会，他快疾地朝着倒塌的脚手架和楼墙跑过去，到那儿，就看见那已旷寂的楼墟碎砖边儿山，一片血和浆红的水泥袋子下，有谁的一条断下的胳膊还扔在砖边袋角下。隐约露在袋外血地的手，因为缺血已经发紫了。可那半隐半露的胳膊还是活的血脉流动的。并拢的手指头，看见银子还缓缓用力勾了勾，像胳膊用着最后的气力，朝银子微微招了几下手。

　　银子被那活的动的手指骇着了，腿上软

一下，手里的两瓶啤酒落下去。瓶碎了，啤酒朝着地上的血滩流开来。白色的啤酒沫，染出一层红地毯似的花。银子就僵在那一片红花红沫边，待红花红沫染着血渍流到脚边时，他的脑里慢慢裂开一条缝，醒悟着朝南门跑着要告诉前边的人群和汽车，说这儿还拉落下了一条人胳膊呢，可那汽车和人群，已经开出跑出南门了，只剩下一片午时的空旷和静寂，在南大门那边铺着静谧着。

二

一夜没睡好。

总是想起被遗漏在塌墙地上的那条胳膊和还招手似的勾着动着的手指头。那胳膊是谁的？拉落在那儿，他就从此没有胳膊了，成为断臂成为残人了。人在慌忙中，把一条胳膊忘下了，那时有谁在那惊恐忙乱中，发现看见那条胳膊就好了。可谁也没有发现谁也没看见。忘在那儿的那条胳膊一夜都血着

· 148 ·

横在银子脑子里，且好像连着胳膊的手指头的中指上，还戴着一枚大戒指。又猛地想起了金棒的左手中指上，也总是戴着一枚假的硕大的铜制金戒指。昨天黄昏时候递来消息说，几个砸伤的，都及时送进医院了。又递来消息说，砸伤的人里有个隆重伤，血流把卡车的整个车厢染红了。把医院的救护床都给染红了。把急救室的地板砖全都淹在了血里边。

　　盖的楼是北京哪个机关的家属楼。施工队的人，都住在工地旁的一排临时房，大通铺，有些挤。金棒也是那被砸伤者中的一员一分子，这样金棒的床位就空了。挨着金棒睡的银子就睡得空虚空旷了，像独自睡在旷野样。不知为啥儿，银子的邻铺也不朝他的这边靠，躲着他，朝着反向挤，让银子如睡在旷野般。睡不着，总想着那条忘在那儿的断胳膊，和断胳膊上的手，和手的中指上的大戒指。金棒时尚哩，春春夏夏都戴着一枚铜的金戒指。昨天汽车走了后，银子回来捡了一张废旧纸，把那断胳膊紫手朝纸下盖着时，隐约看见那中指上是有一枚戒指的。为了证实这件事，银子半夜起床朝工地走过去，把自己盖在原地废纸下的胳膊在火机的光下重新看了看，确认那断臂的手指上，是戴着一枚铜戒指。为此他心里冷一下，蹲在那儿差点被那惊冷推倒坐在砖堆上。

料定那胳膊就是金棒的胳膊了。

也知道那胳膊已经死过了，再也长不到金棒胳膊上，就有股冷气从地上生出来，风钻着从脚心蹿过他的双腿到了上半身。浸过全身和脖颈儿，头皮都有一层麻冷了。

不是怕，就是冷。

竟果真是金棒的胳膊落在那儿了。

在月光中木呆一会，又找来一张洁净的水泥袋子纸，包裹好了那胳膊，放到离工地稍远的一丛小林里，还又用许多树枝把那胳膊盖了盖。做着这些事情时，工地的院里静得和坟场一模样，连云影在地上游移的声音都可听得见。银子从那林地回去时，都已记不得他是如何去包、去放金棒的胳膊了。是把自己的头扭到一边伸着胳膊去做这些的，还是小畏小惧，像少时冬天抱着一块冰柱在村街走耍一样做完这些的。回到通铺屋里后，再也记不得这些了。也不愿去回想这些了。就把手里的火机放在爱抽烟的人的床头上，躺下后银子连一丝一线的瞌睡都没有，总想着金棒再也没有胳膊了，从此他的一个衣袖就要空下来，永远地荡荡晃晃甩在半空间。

总是想，昨天那胳膊还流血活着时，他追上人群唤："还有一条胳膊哪！""还有谁的胳膊忘在了那儿！"可是拉着伤人的卡车走远了。留下来的人群在南门外都扭头望着他，像他在说一句疯话儿。直到人家都沉默着去食堂吃晚饭，他凑到人家面前说："得把那胳膊送到医院吧；总得把那胳膊还给谁。"人家挖了他一眼："吃饭吧你！"他就不再说那胳膊的事情了。相信那胳膊已经死过了，没有意蕴了。

可那胳膊竟是金棒的。那胳膊死了，却

一夜都活在银子的脑子里。因为那胳膊在他脑里活过来，生根开花到旺茂和丰硕，他就一夜没睡着。来日早上起床时，肩上的脑袋重的和一枚石头样。有人招呼大家去吃饭，招呼说，吃过早饭该干啥了去干啥。说着自己朝那外走出去，过一会又从外面回来把银子拉到一边去：

"你把那胳膊收拾起来了？"

他看着人家点点头，眼里有种渴望啥儿的光。

"收拾起来好，别影响大家施工干活儿。"

然后就吃饭。就都到工地干活了，如昨儿的事情全都忘记了。如啥儿事情也没发生样，只是铲几锨沙子把那断胳膊处的血渍盖一盖，便都踩在那沙上，搬砖和运灰，重新搭建脚手架。朝半空运输砖灰的卷扬机，隆隆吱吱响起来，活脱如睡梦里有人对着银子的耳朵眼儿在磨牙。他干的小工活儿依旧是用手推车把水泥从库房朝着脚手架下的搅拌机前运。一次运五袋，五百斤重推运几百米，每每路过小树林儿时，他都朝那盖着金棒胳膊的一蓬树枝望一望；到用沙子盖了金棒身血、胳膊血的地方后，让车子绕个弯，不让车子从那血上沙上轧过去。

可盖血沙子那儿已经满是脚印了，深一脚，浅一痕，堆在那儿的脚印有着几尺厚，把地上压下一个坑。一辆推运沙子的车子还翻在那片脚印上，再把沙子朝车上装着时，人家还把原来地上盖血的沙子都给铲走了。把地上金棒的血迹血渍也都铲走了，一并倒进了搅拌机，和着泥浆运到楼上了。砌到楼墙里边了。那人铲装血沙时，银子想过去和人家说些啥，不让那人铲装血沙子，可不知为啥儿，他终是站在那儿看着没有过去说。觉得哪儿说着不合适。

也不知哪儿不合适。

幸亏昨儿半夜把金棒的胳膊挪藏到了树林里。树林是哪家单位培育的杨苗林，一杆杆小树都有胳膊粗，在春天泛着杨白和春绿，有一股好闻的春气在那散发着。每次从那林前走过去，朝林间那一蓬树枝看着时，都能看见卷着胳膊的水泥牛皮纸，灰红色，和人的皮肤样。可这样过了几趟后，又过了几趟后，到了近午该要下班吃饭时，从医院回来的人家擦着额门上的汗，走过来竖在银子面前轻声说：

"金棒死了，流血太多没有救过来。"

银子竖在那，再也没有把目光从林里的那蓬枝上挪移开，脑子里茫白一片，茫白里就只还有金棒那条黑青深紫的胳膊了。银子也就呆在那儿，怔了很久才从工地朝着通铺棚屋去。可回到棚屋里，那些先他下班回去的人，不知是谁把床头金棒的行李打开了。那是一个革制的黄皮箱，很时尚，皮箱上还印着一行外国字。皮箱的盖儿敞开着，金棒的几件下班、上街、回家总要换在身上的时新衣服没有了。他的那双总是锃亮的三节头皮鞋被人拿走了。还丢了一些啥，有没有钱，有多少钱，还有没有别的贵物珍品银子一概不知道。有几件旧衣裳和金棒的裤头及袜子，如垃圾一样扔在金棒的床铺上。还把银子的床铺弄成了垃圾场。人都进进出出拿着饭碗去吃饭，像这儿啥儿事情也没发生样。

银子立在金棒和自己的床头上，从门口进来的午阳靠着倒在他的头上后肩上，把他的影儿投到金棒睡的脚头这一端。他在那床头怔着看一会，待屋里人去荡空时，又扭头去瞅那吃饭的人家、人群和人堆，听见敲着碗的声音如合奏的音乐一模样。

三

——"带我去医院最后看金棒一眼吧？"

——"让我去太平间最后陪金棒一夜吧？"

——"火化我不能不去啊。我们是一个村儿的，是他把我带了出来的。前天他要不让我去买啤酒，说不定那断了胳膊砸死的，不是金棒而是我。"

不知为啥儿，事情的快，一如工地外高速路上的车。到了第三天，人就火化了，要把金棒的骨灰朝他河南老家送往了。要去火化的那一天——也就昨儿天，银子找到人家说，金棒还有一条胳膊在这哪。人家很奇怪地看他一眼睛，他说真的是金棒的胳膊哩，要烧就烧个全尸吧，让我把金棒的胳膊送过去。人家再看他的目光就不一样了。那目光中有种你愚你傻，不识心相、不识抬举的怨怒在里边。就是这时候，在工地的脚手架子下，在到处都是凌凌乱乱的安静里，银子做出了一桩重大决策来。

决策的重大如要开一个秘密大会般。银子再就啥儿也不说，干活或吃饭，路过树林时，也不朝那儿大模大样地看，只是没人注意才偷着朝那瞟一眼。春天了，时节一天一样儿。三天前这杨苗林地还是一片白的直木竖在那，只是有些娇气敏感的枝桠透着浅绿色，吐着嫩黄小芽儿。可在三天后，苗林竟就一片深绿了。所有的枝桠都挂了芽叶了，在空中展着一层一叠的嫩亮色。连被折断盖着金棒胳膊的杨枝们，也都吐出嫩芽把枝下的水泥袋纸遮掩了。

银子的心里也有春天了，一个策念在他心里生芽开花了。他和别人一样不再去想那楼墙倒塌的事，不再想金棒已经火化，可他的胳膊还留在这儿的事。他也和啥儿事情都没发生样，快步地搬砖，卖力地推沙，在脚手架下来来往往，有时嘴里还哼一些小曲儿，让人觉得他就是一只单纯快乐的鸟。人家看他干活卖力气，路过他时还朝他肩上拍了拍。人家在黄昏下班时，还拿手在他的头上喜喜爱爱摸了摸。可在两天后，他去找了人家了，像若无其事碰巧路过人家面前样，朝人家笑了笑，又突然想起一桩事，走过去再折身返回来，难为情地笑着说，晚上想到镇上买件衣服穿，能不能先借一些钱？

人家说："一百够不够？"

"能借二百吗？"他问说："我想买件

好的时新的。"

拿了那二百块钱后，睡到半夜银子不在了。他在人都睡熟时，提了他备好的行李，到工地旁的杨林里，把金棒的胳膊连土带叶地用很大一张塑料薄膜裹起来，还又用几个塑料袋给套起来，把袋子死死扎严实，把那胳膊装进他的行李底层里，左右看看，就走出工地院，沿着流往北京的饮用渠，朝着下游、朝着首都的方向走过去。用薄膜去裹金棒的胳膊时，他把那盖着的树枝扔开去，本是想借着月光好好看看那胳膊的，可在弯腰那一刻，好像闻到了一股不知是胳膊的暖腐味，还是包胳膊纸的烂腐味，再或是过冬枯草在春夜被润后的湿暖味。反正在清新的夜汽、水汽间，有一股清晰的腐暖从金棒的胳膊那儿升上来，让银子愣一下，就草草把那纸和胳膊裹将起来了。

大约还把一些碎土树叶也都裹进了胳膊里。

夜是深得很，京郊的村落像一片片的云彩薄在月光下。偶在哪儿竖起的一栋几栋楼，犹如柱子竖在天地间，有种不协调，像平展的田野里，忽然直起了几根方的乱的水泥电线杆。银子就顺着河岸上的水泥路，朝着也许十里、也许二十里外一片灯光走。提在他手里的旅行包，里边装了他的物品和衣服，还有金棒的胳膊及一些可有可无的小零碎，没有那么沉，走半天都不需要换次手。脚下的流水和清弹的古筝琵琶样，清澈明透，细碎匀匀。有时还会有垂下的柳枝蘸着月色在头上、脸上摸一下，写些啥儿字和画。这让银子很快把提着金棒胳膊的那点不安忘记了，把像偷了东西慌慌从工地逃走的那种贼步放缓了，他变得不慌不忙，如走夜路进城赶集样，还会偶尔在哪儿停下脚，听一下身边、头顶的鸟鸣声，看看有灯光处河水流动的景色和遇到一座小桥时，赏悦一会那桥在水上月下的美，直到天亮时，终于走进北京地界里，看见那林木直立似的楼群和来往流在几环路上的车水们，才想起他提的行李里，不仅有他的衣物和零碎，还有一条人的胳膊呢，这也才觉得行李重起来，脚下重起来，汗把前胸后背也湿了。

　　站在一个桥上朝日出的北京望去时，银子拿不定主意，是该去北京的繁闹地方顺道看一眼，还是该直接问问长途车站在哪儿，赶快把金棒胳膊送回老家里，还到金棒的家里去，就在那儿发了一会呆。

　　发了很长时间的呆。

四

　　回家的长途路，比银子想的顺得多。怕乘火车安检把那胳膊检出来，他就从北京坐了长途汽车回。没人检查他行李，也没人问他行李包中装了啥。只是怕从包里发出异味儿，他主动把行李塞到了长途车下面的行李箱，再换车时把行李放到了车顶的行李架。两天以后就从北京回到河南西地他的老家了。

　　到家前，路上还又步行走了十余里。

　　是正午到了村落的。村落是个大村落，

有几百数十口的人，到家时正午的春阳呈了
金红色。红色里的暖，像山脉、田野和村落
都烤在文火间。路上见山间的树叶都齐全黑
碧了；到村头看见槐花都已经盛白到锦簇团
团了，这才知道老家是比北京南一些，比北
京暖一些。春天已经锣鼓喧天到来了，连小
麦都有想要炸裂后分岔横枝的模样了。银子
走进村，听见有一流喧哗从村中飘过来，却
不见有人在村里走动和做事，也便知道村里
谁家有了热闹或喜庆，就沿着声音走，拐过
村街便看到村西一片空地上，摆有二十几张
桌，桌上都摆了很多菜，还有烧鸡、炖鱼
和烟酒。肉香黏黏稠稠从那请客的饭场漫过
来，倒在大杯、茶缸和碗里的烈白酒，烧烧
烫烫的，酒气如火爆的坏脾气样在村里窜动
着。请客的酒场那儿正是金棒的家。银子如多
少知道那儿为啥会热闹请客样，迟疑着在街口
站一站，立马就快步朝酒场那儿走去了。

　　有人看见银子惊一下，大着声音说：

　　"——银子呀，你回了？"

"——金棒死了你倒回来了？"

"——快丢下行李过来喝酒吧，村人刚埋了金棒，金棒家答谢村人哪！"

银子就知道金棒的骨灰早他一步被送回村里了。金棒家已经把金棒的骨灰安葬埋掉了。银子又如错了啥儿、晚了啥儿样，木呆一会儿，穿过村人、目光、酒场、饭菜和乡村的热闹与喧嚣，提着行李朝金棒家里走过去。到那因为金棒才最先在村里盖起楼屋的院落里，看着那挤满一院的酒菜、灶台、炒菜和忙忙碌碌的村人们，他有些唐突地立在大门里。院里的人也都愕然唐突地望着他。人家料定他回来会带回一些啥，都觉得他似乎不该回来、不该在这个时候出现样，所有的目光就都有些异硬地盯着他，用目光把他朝着门外推。银子就扛着那目光，撞着那目光，走进院落里，走进金棒家的楼屋正厅间。金棒的父亲、哥嫂、弟弟也都旋即跟着银子走进正厅里，六七人把他围在屋中间，还把屋门关起来，都盯着银子、盯着银子手里提的旧的帆布包，等着银子说些啥，从北京带回一些啥。

银子说："把金棒埋掉了？金棒还有一条胳膊没有火化呢。"

银子说："一个月前是金棒把我带到北京的，我不能不把金棒的一条胳膊给送回来。"

银子说："既然赔的钱不少，就是花钱重把墓挖开，也该把金棒的胳膊埋进里边呀。"

金棒家没人愿意重把墓挖开。把刚刚埋好的新墓挖开是件不祥的事，而且还要再请人、再花钱，还要把墓里的棺材、衣物都撬开和打开，那是一桩很为啰嗦的事。金棒家的家人说，外边那么多人吃饭现在先不说金棒胳膊的事。说银子，你先把行李、胳膊提出去，随便放到哪儿，我们得弄清它到底是不是金棒的胳膊再说呢。万一那不是金棒的胳膊呢？万一不是埋进去，我们能对住金棒吗？金棒在那边多出一条胳膊他不埋怨我们吗？从金棒家里走出来，银子提着行李，像提了一袋霉腐坏掉的粮食样，吃也不是、扔也不是那犹豫，在他脸上是层灰黑色。他忽然饿得很，累得很，很想坐在金棒家门里门外哪张桌边上歇一歇，吃一顿。太阳已经西过平南了，越发的温暖让他出了很多汗，人像虚脱一模样。人家都还在忙碌着，都在围着吃着喝着说笑着。划拳的令声像从哪儿传过来的雷雨声。孩娃们，端着饭碗、拿着鸡腿，吃着和跑着，在大人们的腿下、桌下窜来窜去，如鸟在低矮的林地飞一样。

在鼎沸的人声酒声中，银子在金棒家门前空地站一会，决定自己去把金棒的胳膊埋到金棒的坟地里。他随手从村里借来一张锨，提着行李朝村后金棒家的坟地走去了。坟地并不远，一绳半里的路，就在一面山坡下，到那儿他就看见金棒的新坟了，一堆黄土和几个没有烧完的白花圈，还有埋人时踩倒的麦苗和乱脚印，鞭炮纸和烧完香的灰。有乌鸦在那坟地的老坟、新坟上飞。四野空旷着，对面山坡上有人在牧羊，那羊像挂在山坡上一团团的白棉花。而面前村落和从村里传来的喝酒划拳的行令声，这时都显得飘忽悠远了，隐约得有些不够真实了。

把行李放在金棒新土的墓堆旁，银子朝头顶望了望，见日色透亮，似乎光亮里还有北京楼房在日光中闪着的那种玻璃光，刺刺芒芒，硬硬朗朗，似乎日光粗壮，像很多玻璃管儿挤着排着悬在半空里。他忽然很想打开行李看一眼金棒的胳膊成了啥样儿。两天前的半夜往行李裹装金棒的胳膊时，他是闻到了一股暖腐气息的，这又过了整两天，天也更加暖着热着了，说不定他的胳膊已经彻底腐烂了，会有一股刺鼻刺鼻的热腐味，甚至戴在金棒手指上的铜戒指，都会从他的烂肉手上滑下来。想思着，犹豫着，就把铁锹扔到了一边去，过去打开自己的旅行包。先把拉链拉开来，再把自己放在上边的衣服挪出来，果然就有热气从那包里升着上来了。但不是热腐气，只是热暖气，如在太阳下边的一股草土味。就把包里裹在几层塑料袋里的金棒的胳膊抱出来。这是银子第一次那么认真的抱着金棒的胳膊看，如看一段包着裹着的稀珍物。大白天，没有想到怕，只是想到别让胳膊突然掉下去，就把那一柱胳膊放在坟前的新土上，解开扎了一圈圈的绳，再去掉一个一个套着的袋，到只有最后一层塑料薄膜时，银子又有些怔住了，呆在那儿盯着胳膊一动不动了。

在那包着金棒胳膊的塑料袋筒里，竟因为春暖生出了一棵杨树苗。杨树苗已经有筷子那么粗，树皮嫩成灰白色，几片小叶透明黄亮，半卷半展在苗棵上，散着清淡清淡一股植木味。望着钻出塑料膜的杨树苗，像那塑料膜里包的不是金棒的断胳膊，而是一袋一柱专门育苗的肥沃的土。

银子就那么盯着杨树苗想一会，便把那棵杨树的小苗栽在金棒的坟前了。

到夜里，月亮升上来，村里安静着。忙碌了一天的金棒家里也随着静下来。静着间，银子家来了一个金棒家的人，站在银子家门外唤，让银子出来说几句话。银子以为是人家来讨要金棒的胳膊呢，可人家只是站在门外说，金棒死了家里确实得了很大一笔钱，比原来想要让人家赔的两倍还要多，可父母、弟兄、姐妹们，一均分，还是没多少，就想起金棒手指上还戴着一枚金戒指，不知到底是真的还是假的呢，是铜的镀金还是纯金呢。人家说那胳膊既然是从金棒身上断下的左胳膊，那就该把那枚戒指收回去，就是假的镀金也毕竟是一枚戒指呢。

银子在门里，人家在门外，月光窸窸窣窣在他们中间洒落着。人家说着看着银子的脸。银子听完后，没有想就对人家说，是有一枚金戒指，埋在金棒的坟头了，怕那金戒指现在都沤烂长成一棵小树了。

人家就走了。银子也关门回家去睡了。